Francine Oomen

Het Zwanenmeer
(maar dan anders)

Met illustraties van Philip Hopman

Stichting Collectieve
Propaganda van het
Nederlandse Boek

Voor oude en nieuwe liefde

Alsjeblieft, dit boek krijg je cadeau van je boekverkoper

Een uitgave van de Stichting Collectieve Propaganda van het Nederlandse Boek ter gelegenheid van de Kinderboekenweek 2003

Copyright © 2003
Tekst: Francine Oomen
Illustraties: Philip Hopman
Vormgeving: Ontwerpstudio Johan Bosgra BNO, Baarn
Productie: Uitgeverij Van Holkema & Warendorf,
Unieboek BV, Postbus 97, 3990 DB Houten
NUR 280
ISBN 90 7433 689 2

Dit boek is gedrukt op 100% chloorvrij geproduceerd papier.

Even voorstellen

Ik zal ons eerst eens even voorstellen, anders snap je er
niks van.

Wij zijn namelijk geen gewoon gezin.

Om te beginnen: ik ben twaalf jaar. 'Ja, duh, is dat zo
bijzonder?' Nee, maar mijn zus is ook twaalf. 'O, een
tweeling, wat leuk!' En mijn broer is ook twaalf. 'Een
drieling? Wat énig! Dat komt niet vaak voor. Lijken
jullie op elkaar?' Nee, absoluut niet.

Dit gesprek hebben wij al honderdduizend keer
gevoerd. Je wordt er helemaal gaar van. Uit onszelf
zeggen we het dus nooit. Vooral niet omdat daarna
bijna altijd volgt: 'Nou, jullie moeder zal haar handen
wel vol hebben aan drie pubers!'

En dan moeten wij antwoorden: 'Nee hoor, want we
hebben geen moeder.'

'Ooo, wat zíélig! Arme kinderen! Geen moeder!
Blablabla...'

Daar hebben wij dus geen zin in. Vroeger was het nog
wel eens handig. Dan kreeg je heel snel koekjes en
snoepjes en zo. Of als we op school te laat kwamen,
gebruikten we het als smoes. Maar dat doen we nu niet
meer. Want er komt meestal nog een vraag achteraan:
'En kan jullie vader dat dan allemaal wel aan?'

Het antwoord daarop is: 'Nee, dat kan hij niet. Maar
wij kunnen heel goed voor onszelf zorgen. En ook voor
hem.' Maar dat zeggen we nooit. We zeggen altijd: 'Ja
hoor, het gaat prima.'

Onze vader heet Walter van Zwanenburg.

3

Wát? De Walter van Zwanenburg?

Ja, die.

Mijn vader kan maar één ding heel erg goed: schrijven.
Zijn boeken worden over de hele wereld verkocht. Ze
worden ook verfilmd en hij heeft een heleboel prijzen
gekregen. Als mensen horen wie onze vader is, krijgen
ze meteen dollartekens in hun ogen en dan hoor je ze
denken: jeetje, die familie moet wel schatrijk zijn.

Dat zijn we ook. Nou en? Soms zou ik willen dat het
niet zo was. Behalve dat ik alle leuke kleren kan kopen
die ik wil, hebben we er meer last dan plezier van.

We hebben geen beer in huis, hoor. Hoewel ze er wel
wat op lijkt. Beer is mijn zus en ze eet alles op wat
los- en vastzit. Daardoor is ze nogal dik, maar ze doet
net alsof haar dat niks kan schelen. Het enige dat
belangrijk voor haar is, is dat ze overal de beste in is.
Ze zit altijd met haar neus in een boek en dan hoort ze
niks. Of ze doet net alsof. Dat is tamelijk irritant. Maar
onder die nogal ondoordringbare buitenkant is ze heel
lief. Alleen laat ze het niet zien. Ze verstopt zich achter
vetribbels en tienen.

Ze heet natuurlijk niet echt Beer. Wij hebben bij onze

geboorte totaal idiote namen gekregen, van onze deftige grootmoeder. Beer heet eigenlijk Berenieke Aurora. Lachen, hè? Toen ze één jaar was, noemde ze zichzelf Beer, en dat is altijd zo gebleven.

Pip!
Wil je vanavond
aubsvp macaroni
maken?
(met superveel kaas
plies)
Sam

Mijn broer heet Pip. Hij heet eigenlijk Jean-Philip, maar daar kun je een kind toch ook niet mee opzadelen. Toen we klein waren, noemden we hem altijd Pip. Hij ging pas praten toen hij vier was. Pip is niet zo snel met alles en daar wordt hij vaak mee gepest (behalve als Beer of ik in de buurt is, want dan krijgen ze een oplawaai). Pip zit nog maar in groep zeven, terwijl wij al in de brugklas zitten. Hij is niet dom, hoor, hij is gewoon anders. Hij is heel handig, kan ontzettend goed tekenen en ook lekker koken. Gelukkig maar, want bezorgpizza is hooguit twee keer per week lekker.

Sam, afgrijselijk
koopmonster,
Denk erom, na school
niet de stad in.
Laat PP thuis.
Beer

En ik heet dus Sam, en niet Samantha-Maria. Toen ik uit mijn moeders buik kwam, woog ik niet meer dan een pak suiker. Kun je je dat voorstellen? Ik was zo klein dat iedereen dacht dat ik dood zou gaan.

Ik ging niet dood, mijn moeder wel, maar daar hoeven we het nu niet over te hebben.

Ik ben nog steeds de kleinste van ons drieën, maar ik ben altijd de snelste en de felste geweest. Mij krijg je er niet onder.

PP betekent pinpas. Wij hebben er alle drie een, want wij doen alle boodschappen.

Beer noemt mij een koopmonster omdat ik verslaafd ben aan kleren. Kleren geven mij zelfvertrouwen, dus ik heb er veel nodig. Het nieuwste van het nieuwste en het hipste van het hipste.

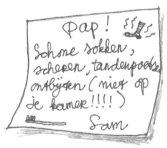

Onze vader is niet zoals andere vaders. Ten eerste werkt hij thuis, op zijn werkkamer. Hij heeft oordoppen in, zodat hij geen last heeft van het kabaal dat wij maken. Ten tweede komt hij bijna nooit van zijn kamer af, en als hij het al doet, is het meestal 's nachts.

Ten derde heeft hij al meer dan drie jaar een writer's block, en dat is lang, hoor. Een writer's block is iets heel akeligs. Het komt erop neer dat je dag en nacht zit te zuchten en te steunen voor de computer, en dat er nauwelijks iets uit je vingers komt. De delete-toets is helemaal afgesleten bij mijn vader. Hij zit muurvast, zegt hij zelf (zijn hoofd dus, niet de delete-toets). Zo erg dat hij er hoofdpijn van krijgt. Daar heeft hij vaak last van.

Volgens mij heeft hij dat writer's block omdat hij bijna nooit uit zijn werkkamer komt. Hij maakt dus niks mee. Mijn vader houdt niet zo van mensen. Hij wordt zenuwachtig van ze. Hij heeft gemerkt dat ze vooral aardig tegen hem doen omdat hij zo succesvol en beroemd is. Gelukkig houdt hij wel van ons.

En wij van hem.

Hij vindt het heerlijk als wij bij hem op zijn kamer zijn. We liggen dan meestal met zijn drieën op een grote schapenvacht voor de open haard. Het vuur brandt zomer en winter, dag en nacht, want mijn vader heeft het altijd koud. Vroeger vertelden we hem altijd uitgebreid wat we die dag hadden meegemaakt. Nu doen we dat steeds minder. Als je twaalf bent, wil je niet alles meer aan je vader vertellen. En je wilt al helemaal niet dat het in een boek komt. Hij gebruikte onze verhalen namelijk vaak. Als we iets doms gedaan hadden, dan stond het een half jaar later in een boek, en zo beschreven dat iedereen er vreselijk om moest lachen. Iedereen, behalve wij.

Misschien is het dus onze schuld dat hij een writer's block heeft. Of het heeft met de dood van mijn moeder te maken. Maar daar denk ik liever niet aan.

Het bos van Pip

Ik loop naar de zolder. 'Kom op, Pip, je moet mee! Ik kan het niet allemaal zelf.'
Pip zit op zijn kamer te tekenen. Hij begint hoe langer hoe meer op papa te lijken.
Vroeger zat hij vaak bij ons, maar de laatste tijd steeds minder. Misschien heeft het met zijn leeftijd te maken. Pip heeft een grote zolderkamer met balken, waaraan van alles hangt (ja, ook veel spinnenwebben). Hij maakt dingen die kunnen vliegen, van papier en karton en van wat hij op straat en soms in vuilnisbakken van andere mensen vindt. Ze zijn echt mooi.
Op de muur waar zijn bed voor staat, heeft hij een bos geschilderd. En dat is geen klein bosje, want die muur is ongeveer zeven meter lang. Het bos beslaat de hele muur en loopt van de vloer tot het plafond. Hij heeft er meer dan twee jaar over gedaan en er komen nog steeds dingen bij. Er is heel veel in te zien. Er is een donker en dreigend gedeelte, dat noem ik het Dichte Bos, en een vrolijk stuk: het Lichte Bos.
In het Dichte Bos zitten monsters en spoken tussen de bomen en struiken verstopt. Enge wezens die zonder moeite een hoofdrol in een gruwelijke griezelfilm zouden kunnen krijgen. Halfvergane lichamen waar slijmerige tentakels uit komen, skeletten met gemene rode ogen die je overal lijken te volgen. Ergens onder een boom is een heuveltje met een kruis. Als ik ernaar kijk, krijg ik soms tranen in mijn ogen. Ik vind het niet leuk dat Pip dat kruis daar gezet heeft. Het is geen

goede plaats. Maar het is zijn bos, niet het mijne.
In het Lichte Bos staan de bomen verder uit elkaar en
er valt zonlicht tussen de bladeren door. Er bloeien
allerlei soorten bloemen en er stromen beekjes met
helder water waar je gekleurde visjes in kunt zien.
Er zijn vogels, vlinders, eekhoorntjes en konijnen.
Er groeien aardbeien en frambozen en het gras is zo
groen dat je het bijna kunt ruiken.
Als je voor het Dichte Bos staat, heb je het gevoel dat
je in een nachtmerrie verdwaald ben. Als je naar het
Lichte Bos kijkt, zou je willen dat je daar was en er
nooit meer weg hoefde.
Pip verschuift steeds zijn bed. Als hij zich blij voelt,
staat zijn bed voor een vrolijk stuk. Als hij zich rot
voelt of boos is, bij een eng stuk. Het staat nu voor een
nogal grijs en somber deel, met oplichtende ogen en
mistflarden.
Laatst heb ik papa in het Dichte Bos ontdekt. Pip heeft
hem er pas bijgetekend, denk ik. Je moet goed kijken
om hem te zien. Hij zit naast het kruis, met zijn rug
tegen een boom, en staart naar een leeg vel papier op
zijn schoot. Brrr, ik kreeg er de riebels van. Gelukkig
komt papa nooit op Pips kamer.

'Toe nou, Pip, ik heb geen zin om alleen naar de
winkel te gaan. Jij bent de kok en ik koop altijd de
verkeerde spullen.'
'Ik ga alleen mee als we niet met het karretje naar huis
hoeven te lopen. Dan schaam ik me dood.'
'Ok, ik zal vragen of papa ons met de auto brengt. Ga
je dan mee?'

Pip buigt zich over zijn tekening en geeft geen antwoord.

'Nou?' Ik blaas tegen een vliegding aan.

'Niet doen,' zegt Pip. Hij ziet bleek. Pip is niet gelukkig. Ik wilde dat ik hem kon helpen, maar dat kan ik niet. Tenminste, niet zoals vroeger. We zitten niet meer op dezelfde school, dus ik kan hem niet beschermen. Ik heb al heel wat vervelende kinderen in elkaar gemept. Pip wordt geplaagd. Ik denk omdat hij een beetje meisjesachtig is. Hij huilt heel snel, daar kan hij niks aan doen. Hij kan niet goed lezen en rekenen gaat ook niet best. Hij is twee keer blijven zitten. Beer heeft hem altijd geholpen, maar de laatste tijd wil hij dat niet meer. Ik denk dat hij het een beetje opgegeven heeft.

'Pap!' Ik trek een oordop eruit.

'Ja lieverd.' Mijn vader kijkt niet op. Het is een beetje eng, het lijkt alsof de computer hem betoverd heeft. Hij zit maar naar het beeldscherm te staren en groeit langzamerhand helemaal krom. Ik haat die computer.

'Hier is je post.' Mijn vader bekijkt verstrooid het pak brieven. Hij maakt veel enveloppen niet open. Soms ben ik bang dat er opeens een man voor de deur staat, met een enorm pak rekeningen die niet betaald zijn, en dat wij dan uit huis gezet worden en failliet zijn. Er zit een knalrode envelop bij. Zou dat gevaar betekenen? Ik wijs ernaar.

'Wat is dat?'

'Wat zeg je?'

Ik haal de andere oordop er ook uit.

'Wat is dat voor een brief?'

'Weet ik niet,' zegt mijn vader. 'Er staat geen adres op. Reclame misschien.'

'Mag ik hem openmaken?'

Mijn vader knikt. Zijn vingers hangen als dode spinnenpootjes boven het toetsenbord.

Ik scheur de envelop open. Er zit een knalgele brief in.

```
Dit is liefde

Niet de jager          maar de gejaagde
Niet de slaaf          maar de verslaafde
Niet de dronkaard      maar de verdronkene
Niet de gedachteloze   maar de aandachtige
Niet de eenzame        maar de verlatene
Niet de jouwe          maar de mijne
Niet het afscheid      maar de afgescheidene
Niet een warm bed      maar een koud bed
Niet twee              maar één
Niet nu                maar nooit
```

Ik krijg er een rilling van. 'Wat raar, het is een gedicht.' Ik duw het mijn vader onder zijn neus. 'Lees maar eens.'

Hij leest het. Het is stil in de kamer. De klok tikt.

Mijn vader zucht. 'Het is mooi,' zegt hij ten slotte.

'Er staat geen naam onder,' zeg ik.

'Misschien een vergissing.' Mijn vader legt het gedicht naast zich neer en wrijft in zijn ogen.

'Heb je weer hoofdpijn?'

Hij knikt. Ik zie aan zijn ogen dat het gedicht iets met hem gedaan heeft. Ik weet waar hij aan denkt: aan hetzelfde als waar ik aan moest denken toen ik het las.

Dan gilt Pip van beneden. 'Hé, ik sta hier al een uur te

wachten. Gaan we nou nog, of niet?'

Mijn vader draait zich om naar de computer en wil zijn oordoppen weer indoen.

Ik sla mijn arm om zijn nek. 'Pap, wil je plies, plies, met Pip en mij naar de winkel gaan, anders lopen we voor gek met het karretje.'

'Sammie, ik zit net met een heel moeilijk probleem en dat wil ik eerst oplossen.'

'Ik zie niks, je scherm is zwart.'

'In mijn hoofd, het zit in mijn hoofd.'

Ik trek aan zijn oren. 'Pap, later. Een beetje frisse buitenlucht zal je goeddoen. Kom op, rij Pip en mij even naar de supermarkt. Er is niks meer in huis.'

Mijn vader zucht. Hij staat op en strekt kreunend zijn rug. 'Misschien heb je wel gelijk, Sammie, maar ik ga niet mee naar binnen, hoor.'

Nee, alsof ik dat verwacht had.

We wonen in een groot oud huis, met wel twaalf kamers. De helft staat leeg. Er zijn drie badkamers. Bij nummer een stinkt het en bij nummer twee is de wastafel verstopt en de stop van het bad weg. We gebruiken dus alleen maar nummer drie. Een klein huis zou een stuk makkelijker zijn, want daar krijg je minder troep.

Beers kamer is een onbeschrijflijke puinhoop. Langs een wand staat een lange boekenkast. Die is propvol. Er slingeren vuile kleren rond en overal waar je kijkt, liggen stapels boeken. Tussen die stapels door is een pad van de deur naar haar bureau en haar bed.

Ik gebruik mijn PP voor kleren, Beer voor boeken.

'Beer, als jij nou even de oude rotzooi uit de koelkast haalt terwijl wij weg zijn, dan doe jij ook nog wat.'

Beer doet weer eens net alsof ze me niet hoort.

'Beeheer!' toeter ik in haar oor.

Geërgerd kijkt ze op uit haar boek. 'Ik hoor je heus wel, hoor. Hou toch op met dat gecommandeer. Ik ben je hondje niet.'

Gecommandeer? Nou ja! Ik ben de enige hier in huis die nog een beetje praktisch is. Beer en Pip zijn luilakken. Wat zou er gebeuren als ze mij niet hadden? Dan zouden ze opgegeten worden door de schimmel en omkomen in de troep.

Beer zit te leren, zoals gewoonlijk. Ze zit op het gymnasium en haalt alleen maar negens en tienen. Als ze een keer een acht haalt, zit ze de hele dag te simmen.

Ik zit in de mavo-havo-brugklas. Dat is goed genoeg voor mij. Tienen interesseren me niet.

'Beer, doe je het?'

Ze stopt haar vingers in haar oren.

Ik pak een geel briefje van het blokje dat op haar bureau ligt en schrijf erop:

Beer,
ik ga nu boodschappen doen. Maak aub op zm koelkast leeg en schoon, dan zal ik hem weer volstoppen met lekkere dingen. Sam

Met omkopen lukt alles. Ik plak het briefje op haar voorhoofd. Ze heeft pukkels. Ze zou er spul voor moeten gebruiken, maar het kan haar niks schelen. Ze slaat mijn hand weg.

'Doe je het, Beertje?'

'Misschien,' bromt Beer. 'Ga nou maar weg.'

Het is niet waar dat er niets meer in huis is. Er is niks eetbaars meer. Ik koop altijd veel te veel, omdat ik bang ben dat er te weinig zal zijn, en dan krijgt alles baardgroei en begint het te stinken en zo.

In de supermarkt voel ik me opeens heel moe. Ik stuur het karretje en Pip laadt het vol.

Soms zie ik dat mensen naar ons kijken en fluisteren. Hier in de buurt kennen ze ons allemaal. Wij zijn die arme rijke kinderen zonder moeder uit dat grote huis.

'Hé Sammie! Hoe is het ermee?' Een meisje met rood haar en sproeten stormt op me af. Ze heet Elise en ze zit bij mij op school. Twee klassen hoger. Ze slooft zich altijd ontzettend uit om mijn vriendin te worden. Net zoals veel andere meisjes trouwens. Ik weet best dat ze dat niet willen om wíé ik ben, maar om wát ik ben: de dochter van een beroemde schrijver, die bulkt van het geld.

'Hé, ik geef zaterdag een knalfeest. Kom je ook?'

Ze knipoogt en wijst naar Pip die een eind verderop het etiket van een blik staat te bestuderen. Pip is langer dan ik en nogal knap, met grote blauwe ogen en lange donkere krullen. Ze weet niet dat hij pas in groep zeven zit. 'Misschien wil je broer ook wel komen?'

'We kunnen zaterdag niet,' lieg ik. 'We krijgen
bezoek.'
'Ooo, is het een beroemd iemand? Je vaders laatste
boek is toch verfilmd, hè?'
Iedereen denkt dat er constant filmsterren bij ons
over de vloer komen. Dat is helemaal niet waar. Heel
soms, als het niet anders kan. Meestal zijn ze niet eens
aardig en ze praten alleen maar over zichzelf.
'Nee hoor, de vuilnisman komt eten.'
'De vuilnisman?' Elises gezicht betrekt.
'Elise, schatje, ik ga afrekenen, hoor.'
Het is haar moeder. 'O, dag Samantha, hoe gaat het
met jullie? Redden jullie je een beetje?' Ze heeft de blik
in haar ogen die iedereen heeft. Het is een mengsel
van medelijden, nieuwsgierigheid en dollartekens.
Ik haat die blik. 'Ik moet verder. Kom op, Pip!' zeg ik
en ik trek hem aan zijn mouw mee.
'Komt er een vuilnisman bij ons eten?' vraagt Pip.
'Nee joh, ik verzon maar wat, om die griet van mijn lijf
te houden.'
Pip grijnst.
'Haal jij papa even om de boodschappen te dragen?'
Pip knikt en sprint naar buiten.

Au pairs

Het is laat. Ik lig aangekleed op mijn bed en ben moe.
We hebben een enorme afwas met de hand gedaan,
want de afwasmachine is stuk. Gelukkig hielp Beer
mee. Kwestie van chanteren, anders kreeg ze de sleutel
van de bijgevulde voorraadkast niet. Beer heeft 's nachts
vaak honger. Als ze dan niks eet, slaapt ze niet.
Ik zal mijn kamer eens beschrijven: groot, rommel,
kleerkast. Pip heeft een zeven meter lang bos op zijn
kamer, ik heb een zes meter lange kleerkast, met
spiegels. Mijn balkon kijkt uit op de tuin. Vroeger
was die heel mooi, met paadjes, rozenstruiken,
bloemperken en vruchtbomen. Nu is het een wildernis.
Onder mijn balkon is het zwembad. Als ik hard af
zou zetten, zou ik er zo in kunnen springen. Maar
dat is niet zo'n goed idee, want het water ziet eruit als
erwtensoep. We weten niet hoe we het schoon moeten
houden. Dat deed Koos, de tuinman, altijd, maar die
is al bijna twee jaar weg. Hij was een dief en ik heb dat
ontdekt. Op een dag vond ik in de plantenkas allemaal
spullen van ons. Tafelzilver, schilderijen, juwelen die
van mama geweest waren, een fototoestel en zelfs een
paar schoenen dat ik kwijt was!
Het was heel eng, want Koos betrapte mij toen ik hem
betrapte. Gelukkig kon ik ontsnappen. Ik heb hem
met de hark op zijn kop geslagen. Met de platte kant,
hoor, ik ben geen moordenaar. Zoals ik al zei, ik ben
voor niemand bang.
In diezelfde tijd hebben we ook onze zevende au pair,

Didi Drankneus, eruit geknikkerd. Ze deed helemaal niks, ze zat alleen maar champagne te drinken voor de tv. Dat hadden we eerst niet door. Ze schonk hem over in tonicflessen. Wij lusten geen tonic, dus ze dacht dat het veilig was. Op een nacht kon Beer in de koelkast alleen nog maar tonic vinden en toen kwam ze lallend boven met de boodschap dat tonic toch hartstikke lekker was, maar dat er iets met het huis aan de hand was, want het draaide helemaal.

De volgende ochtend had ze knallende koppijn en in de kelder vonden we een hele berg lege champagneflessen. De wijnvoorraad was ook compleet verdwenen.

Vóór Didi hadden we Katrien Duck. Die kwekte zo dat je er helemaal gek van werd. Ze herhaalde alles wat ze zei wel tien keer, en het ging alleen maar over de soaps die ze de hele dag keek. Ze probeerde papa te versieren, maar dat lukte natuurlijk niet, want als hij ergens een hekel aan heeft, is het aan kletskousen. Katrien is precies drie weken bij ons geweest.

We hebben ook eens een tuinman, degene vóór Koos, met een au pair in bed gevonden. Dat was Lludmilla, die had het figuur van een kleerkast, grotere spierballen dan Arnold Schwarzenegger en ze sprak geen woord Nederlands.

Ze heeft Pip een keer zo'n harde draai om zijn oren gegeven dat hij door de keuken vloog. Toen heb ik haar een mep met de koekenpan verkocht. Gelukkig kwam papa net de keuken binnen, anders had ik het niet meer kunnen navertellen. Of Lludmilla niet.

We hebben ook twee heel lieve au pairs gehad. Dat was eigenlijk nog erger.

Margo was bij ons vanaf onze geboorte totdat we zeven waren. Ze was groot, dik, zacht en ontzettend lief.
Wij dachten natuurlijk dat zij onze moeder was. Pas toen we een jaar of vijf waren, heeft papa ons verteld dat dat niet zo was en ik weet nog dat ik woedend op hem was. Vanaf dat moment had ik nachtmerries dat Margo weg zou gaan. En dat deed ze uiteindelijk ook. Toen wij zeven waren, ging ze trouwen en ze vertrok. Dat was vreselijk. Pip heeft daarna maanden niet meer willen praten, Beer begon veel te veel te eten en ik ben wel een half jaar kwaad geweest op papa. Terwijl hij er natuurlijk niks aan kon doen.
Na Margo kwam Jessica. In het begin was ze heel aardig voor ons. Papa werd verliefd op haar en vroeg haar ten huwelijk. Ik denk dat hij graag wilde dat wij een nieuwe moeder kregen. Ze zei ja, maar de dag voor hun bruiloft eiste ze dat wij naar een kostschool gingen.
Mijn vader was er helemaal kapot van, dat weet ik nog. Hij was dol op haar en uiteindelijk bleek dat ze hem voor de gek gehouden had. Ze hield helemaal niet van ons, ze had maar gedaan alsof. Ze wilde alleen een luxeleventje. Papa heeft haar meteen de deur uitgezet. Wij hebben twee weken lang bruidstaart gegeten. Vandaar ook onze enorme champagnevoorraad.
Het was een afschuwelijke tijd, maar al minder erg dan met Margo. Ik had toen al een beetje eelt op mijn hart gekregen. Daarna heb ik met mezelf afgesproken dat ik me nooit meer aan iemand zou hechten.
Sinds Didi Drankneus hebben we geen personeel meer. We hadden er echt genoeg van.

Het gaat best, hoor, het is alleen knap vermoeiend. Vooral voor mij, want ik doe bijna alles. Maar ik dwaal af, ik was mijn kamer aan het beschrijven. Groot, vol rommel en een etalagepop. Ze heet Annabel, ze is ongeveer even groot als ik en heel mooi.

Ik zoek mijn kleren een dag van tevoren uit, zodat ik 's morgens niet hoef na te denken over wat ik aan zal trekken. Die doe ik Annabel dan aan om te kijken of het een leuke combi is. Ze staat aan het voeteneinde van mijn bed en houdt de wacht over mij.

Verder heb ik een groot bed dat vol ligt met kussens in allerlei kleuren. Ik spaar kussens. Ik spaar ook ringen, kettingen, riemen, schoenen, modetijdschriften, parfumflesjes, petten en tassen. Wat spaar ik eigenlijk niet? Mijn kamer is dus een beetje overvol.

Ik schrijf ook wel eens naar mezelf, zoals je ziet.
Ik ben elke dag van plan om op te ruimen, maar het komt er gewoon niet van. Ik moet al zoveel andere dingen doen. Voor huiswerk maken heb ik al helemaal geen tijd. Ik hoop maar dat ik overga.

Erwtensoep

Beer had dus de vuilniszak met beschimmelde rommel
uit de koelkast naast het zwembad gezet. Open!
De katten van de buren hadden er een leuk feestje
van gebouwd. Een deel van de rommel was in het
zwembad beland.
Er dreven negen pakken vanillevla, drie pakken
yoghurt, zes melkpakken en zes lege ijsdozen in rond.
Ik zag het vanaf mijn balkon. Geen gezicht! Wat er
ín ons huis gebeurt, ziet niemand, maar als het aan
de buitenkant te erg wordt, gaat de buurt zich ermee
bemoeien, en daar hebben we geen behoefte aan.
Ik was van plan de troep later op te ruimen en lag op
mijn bed tv te kijken.
'Help! Help!' klonk het opeens van buiten en een hoop
gehoest, geproest en gesputter.
Ik rende mijn balkon op en keek met open mond
naar beneden. Daar spartelde Pip, midden in de
erwtensoep, met het schepnetje in zijn ene hand en
een melkpak in zijn andere.
'Sta daar niet zo stom te lachen!' riep hij woest.

'Je lijkt wel een kruising tussen een marsmannetje en het monster van Loch Ness!'

Pip werd nog woester, verslikte zich in de groene drab en ging kopje-onder. Ik had er meteen spijt van.

Nu zit hij op zijn kamer. Zijn bed staat vast voor het Dichte Bos.

Beer is nog niet thuis. Ze heeft extra lessen Spaans, sterrenkunde en nog wat.

Ik vraag me af of ik de dokter niet moet bellen. Stel je voor dat Pip een salmonella-uitbarsting krijgt, of de tyfus of zoiets. Dan is het mijn schuld.

Ik klop bij papa aan, maar hij antwoordt niet.

Er hangt een briefje op zijn deur.

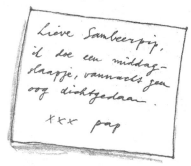

Lieve Sambeerpip,
ik doe een middag-
slaapje, vannachts geen
oog dichtgedaan.
xxx pap

Nou, lekker. Zit ik weer met de zorgen.

'Hé Pip, doe eens open!' Ik klop op Pips deur.

'Nee, ga weg.'

'Pip, ik lachte je niet uit. Je zag er gewoon zo raar uit met al dat groene spul.'

'Donder op!'

Ik hoor aan zijn stem dat hij zijn huilen zit in te houden.

'Hè Pip, toe nou. Ik heb een heel lekker recept gevonden. Misschien kunnen we dat samen maken vanavond.' Ik had er bijna bij gezegd: het is ook groen, maar ik hield me net op tijd in.

Stilte. Slappe smoes natuurlijk.

'Pip?'

Geen antwoord. Ik voel aan de deur. Hij is niet op slot. Pip zit op zijn bed, in zijn smurriekleren en met zijn gezicht in zijn handen verborgen. Zijn schouders zijn helemaal strak. Overal erwtensoep.

Ik plof naast hem neer. Het stuk van het bos waar hij voor zit, is angstaanjagend. Vampiers en enge wriemelende dieren die uit een halfvergaan lijk kruipen. Het lijk lijkt een beetje op Lludmilla. Pip kan echt griezelig goed tekenen.

'Pip, zeg eens wat.' Ik probeer zijn handen voor zijn ogen weg te halen. 'Zo erg is het toch niet? Ik vond het heel lief dat je die troep eruit probeerde te vissen. Ik was het ook van plan, hoor, maar er was net iets leuks op tv.'

Urgh, wat een stank. Tyfus, de pest of een enge huidziekte. Waarschijnlijk alle drie tegelijk.

'Pip, je moet je uitkleden en onder de douche, dadelijk word je ziek. Ieeek! Er beweegt iets in je haar!'

Pip springt overeind en schudt als een gek zijn hoofd. 'Watishet, watishetjasses!' Hij rent naar de badkamer, met mij op zijn hielen.

'Het zit er nog in, het zit vast!' gilt hij met hoge stem. Soms is hij echt net een meisje.

Plotseling stokt mijn adem. 'Pip, wat is er gebeurd?' Ik zie het nu pas. Hij heeft een blauw oog en een

gezwollen lip. En er is een hoekje van zijn tand af.
'Wie heeft dat gedaan?'
Hij begint te huilen. 'Ik ben met de fiets gevallen,
verder niks. Echt niet! Haal onmiddellijk dat ding uit
mijn haar!'
Ik graai in zijn veel te lange krullen en maak een
notitie in mijn hoofd. Pips haar knippen. Dat doe ik
altijd zelf. Hij wil niet naar de kapper, net zoals papa.
'Het is een kikkertje! Het leeft nog!'
'O, een kikker.' Er klinkt opluchting in zijn stem.
Ik zet hem op Pips uitgestoken hand. Die is ook al
geschaafd.
'Ik geloof er niks van dat je van je fiets gevallen bent.
Zeg op: wie was het, dan mep ik hem in elkaar!'
Pip schudt zijn hoofd. 'Ik zeg het toch niet.'
Ik zucht. Geduld, Sam.
'Ga nu maar gauw douchen, anders word je ziek. Geef
het kikkertje maar aan mij, dan gooi ik hem terug in
de erwtensoep.'
'Nee, niet doen, dan gaat hij misschien dood,' zegt Pip.
'Zet hem maar zolang in het bad.'

Ik heb de dokter maar niet gebeld. Ik ben altijd bang
dat de kinderbescherming ingeschakeld wordt. En dat
is het laatste wat we willen. Het is hier wel een beetje
een chaos, maar we redden ons prima en we hebben
het hartstikke fijn samen.

Eet smakelijk

Geleend, ammehoela! Gepikt! En nu is het model tent.
Ik storm naar haar kamer. 'Doe open! Doe open die
deur!'
Beer doet natuurlijk helemaal niet open. Ze heeft een
hekel aan kleren kopen. Ze schaamt zich omdat ze zo
dik is, dus 'leent' ze ze van mij. Ze denkt dat ik het niet
merk, omdat ik er zoveel heb. Maar ik merk het heus
wel. Ze pakt altijd mijn mooiste dingen.
'Beer, je hebt ook mijn roze T-shirt gepikt! Dat is net
nieuw en ik wou het morgen aan. Geef onmiddellijk
terug!'
Beer zet de muziek harder.
'Zet die muziek af, stomme oelewapper! Doe open!' Ik
rammel aan de deur.
De muziek gaat nog harder en ik moet opeens huilen.
Ik loop terug naar mijn eigen kamer en doe de deur
ook op slot.
Ik ben moe. Moe van dat ik alsmaar overal voor moet
zorgen. Moe van alle verantwoordelijkheid. Moe van

alles wel te snappen. Als je de dingen begrijpt, kun je niet eens fatsoenlijk boos worden. Ik snap bijvoorbeeld best dat Beer niet naar de winkel durft. Dat zou ik ook niet durven als ik haar was, met al die vetribbels. Maar ze moet van mijn spullen afblijven.

'Sam, kom je eten?'
Het is Pip die voor de deur staat. Er drijft een heerlijke geur naar binnen. Mijn maag rammelt. Ik heb even geslapen, geloof ik, het is al half tien. Ik schrik. Morgen heb ik twee proefwerken en ik heb nog niks geleerd.
'Sam, kom je? Het eten staat op tafel. Het is groen.'
Ik hoor hem wegsloffen.
Hij is hartstikke lief. Het is gemeen dat ze hem pesten. Er komt weer een vlaag woede en machteloosheid omhoog. Ik gooi een klets water in mijn gezicht en ren naar beneden.
Pip heeft het recept gemaakt dat ik op zijn bed had laten liggen. Lasagne met room, spinazie en pijnboompitten. Mmm...
Beer zit over een boek gebogen aan tafel en kijkt niet op als ik binnenkom. Ik zeg niks. Pip is weer schoon, maar zijn gezicht ziet er vreselijk uit.
'Eet papa niet mee?'
'Hij geeft geen antwoord, hij slaapt nog, denk ik. Ik zet wel wat apart, dan kan hij het opwarmen in de magnetron.' Pip praat raar door de gezwollen lip.
Beer kijkt op. 'Wat is er met jou gebeurd?' Ze staat op en loopt naar Pip toe, die met de lasagne in zijn handen staat. Hij heeft ovenhandschoenen aan en een schort voor.

Beer fluit. 'Tjeetje, dat ziet er niet best uit. Doet die tand pijn?'

Pip schudt van nee.

'Kun je wel eten met die lip?'

'Best wel, en laat me nu los, anders krijg je deze schaal op je tenen.'

Ik zie dat hij de tranen in zijn ogen probeert weg te knipperen.

Prik, prik

lieve Sam,
Sorry, ik wist echt
niet dat dat bloesje
nieuw was. Als je een
nieuwe gaat kopen,
koop je er ook één in
mijn maat? (XXXXXL)
Slaap lekker. je brombeerzus

Ik lig in bed en staar naar mijn klok, die rood oplicht
in het donker. 23:23.

Het is een warme nacht. Buiten kwaakt een
kikkerkoor. Pip heeft ontdekt dat het hele zwembad
vol zit. Hoe ze het uithouden in die groene prut is me
een raadsel. Hij heeft besloten dat hij ze gaat redden,
voordat ze doodgaan aan de giftige dampen.

Het licht van de maan schijnt op Annabel. Vroeger
praatte ik altijd tegen haar. Dan deed ik net alsof
ze mijn moeder was en vertelde ik haar wat ik
meegemaakt had. Nu doe ik dat niet meer. Daar ben
ik te groot voor. Maar ik verlang soms best naar een
moeder om raad aan te vragen. Over Pip, bijvoorbeeld.
En over papa. En over ongesteld worden en welk
maandverband of tampons je dan moet kopen. Er zijn
zoveel soorten.

Het zou fijn zijn om een moeder te hebben die me
instopt en me knuffelt voordat ik ga slapen.

Ik hoor een deur piepen op de gang en krakende traptreden. Dat is papa, hij heeft vast honger.

Om 23:43 piept er weer een deur. Dat is Beer, die heeft ook zin in wat lekkers.

Dit is helemaal niet ongewoon, hoor. Er is 's nachts een hoop activiteit in ons huis. Wel vervelend als je je nachtrust nodig hebt.

Ik draai me om, maar ik kan niet slapen. Het alarm van mijn wekker staat op zes uur. Ik moet morgenochtend nog leren. Ik probeer het nog twee minuten en spring dan mijn bed uit.

Papa en Beer zitten aan de keukentafel, gezellig bij het licht van een kaarsje. Papa eet lasagne en Beer pinda's en chips. Ik ga erbij zitten.

'Jullie moeten geen cola drinken, midden in de nacht,' zeg ik. 'Daar kun je niet van slapen.'

Papa glimlacht verstrooid en schenkt nog een glas in. Hij wrijft over zijn voorhoofd. Er zitten donkere kringen onder zijn ogen en hij heeft een stoppelbaard.

'Chipje?' Beer houdt me de zak voor.

'Nee, dank je,' zeg ik. Van 's nachts eten word je dik, maar dat zeg ik niet hardop, om Beer niet te kwetsen.

'Zullen we een potje scrabbelen?' vraagt mijn vader.

'Pap, we moeten morgen naar school, hoor,' zeg ik. Soms schrik ik van mijn eigen strengheid.

Dan klink ik alsof ik niet een meisje van twaalf ben, maar een ouwe tang van drieënzeventig. 'Nou, ok dan,' zeg ik er snel achteraan.

Als ik Erwin, die naast mij zit met wiskunde, en Diane, die naast mij zit met aardrijkskunde, allebei tien euro geef, mag ik vast wel spieken.

Een half uur later liggen we met zijn vieren gezellig te scrabbelen, op papa's werkkamer, voor de open haard. Pip is ook wakker geworden, omdat Beer en ik tegen elkaar gilden. Beer speelde vals, omdat ze altijd moet winnen.

'Heb je vandaag nog wat geschreven, pap?' vraagt Pip. Ik geef hem een schop tegen zijn enkel en kijk hem boos aan. Nu is de gezelligheid om zeep. En ja hoor, mijn vader staat op, strijkt door zijn ook al veel te lange haar en loopt naar zijn bureau. 'Ik moet eens aan de slag, jongens. En jullie moeten naar bed.'

'Ik heb gewonnen,' zegt Beer triomfantelijk en ze kiepert de stenen gauw in het zakje.

'Nietwaar, ik stond voor,' zegt Pip beledigd.

'Geen ruzie maken,' zeg ik. 'Pap, het is half drie. Moet je niet slapen?'

Hij trekt me naar zich toe. Ieuw, hij ruikt nogal zwembadachtig.

'Sammie, wees toch niet altijd zo bezorgd. Ik ben

een volwassen man en ik kan heel goed voor mezelf zorgen.'

Jaja, denk ik. Waarom stink je dan zo? En waarom moeten wij alles alleen doen? Maar ik zeg het niet. Ik hou van mijn vader en hij kan hartstikke mooie boeken schrijven. Hij kón mooie boeken schrijven.

Beer en Pip geven hem een zoen. Beer trekt haar neus op en Pip moet niezen. Papa merkt er niks van. Hij is met zijn gedachten al mijlenver weg.

Ik ben nog als enige over.

Ik ga achter hem staan en sla mijn armen om zijn nek. 'Hé pap, hoe denk je eigenlijk dat het komt dat het zo vastzit in je hoofd?'

'Ik weet het niet, Sammie. Het stroomt gewoon niet. Het voelt alsof er een enorme dam in mijn hoofd zit die alles tegenhoudt.'

'Je moet er gewoon een gaatje in prikken,' zeg ik en ik por hem in zijn zij. 'Prik, prik!'

Mijn vader lacht niet eens.

Eigenlijk wil ik vragen: heeft het met onze moeder te maken, voel je je eenzaam, zijn wij te lastig voor je, ben je misschien wel boos op ons omdat je drie kinderen hebt, maar geen vrouw meer?

Maar ik zeg het allemaal niet. Dat helpt toch niks. Ik kan beter zorgen dat hij zo min mogelijk last van ons heeft en lief voor hem zijn.

Ik zeg alleen maar: 'Je moet er eens uit, pap. Dat helpt vast.'

'Huh-huh,' bromt mijn vader, met zijn ogen vastgeplakt aan het zwarte beeldscherm.

Chaos

'Zit stil, Pip, ik kan niet recht knippen als je de hele tijd
alle kanten op kijkt.'

'Je knipt scheef!' Pip tuurt met een ontevreden gezicht
in de spiegel die hij met uitgestrekte armen voor zich
houdt.

Zijn lip is wat minder gezwollen, maar zijn oog is nog
flink paars.

'Wat heb jij een rothumeur, zeg. Ik ben nog niet klaar,
hoor.'

'Au!' Pip grijpt naar zijn oor. De spiegel valt op de
grond in scherven.

'Stommerd! Moet je nou kijken, het bloedt! Idioot, je
hebt mijn oor eraf geknipt!'

'Nietes, het is maar een heel klein knipje en ik kon er
niks aan doen. Jij zat niet stil!'

Pip klemt zijn hand om zijn oor en springt door de
keuken. 'Au, au, au, ik bloed dood!'

'Stel je niet zo aan, watje, er is niks aan de hand.'

'Ik ben geen watje,' schreeuwt Pip met overslaande
stem. 'Jij bent een moordenaar!'

Ik schiet in de lach. Hij ziet er heel raar uit. Aan de
linkerkant hangen zijn krullen tot op zijn schouder,
aan de rechterkant zijn ze kort.

'Lach me niet uit, stomme griet!'

Zijn onderlip trilt. Woedend wrijft hij in zijn ogen,
waardoor er haren in komen en ze nog harder gaan
tranen. Er loopt een dun straaltje bloed in zijn nek.

Pip vindt het zelf vreselijk dat hij zo snel moet huilen.

Ik had hem geen watje moeten noemen. Het floepte eruit voor ik er erg in had.

Ik maak de punt van de theedoek nat en steek hem naar Pip uit. 'Hier, veeg het maar af, dan knip ik verder, je ziet er niet uit zo.'

Pip slaat mijn arm weg. 'Jij knipt helemaal niet verder. Je blijft van me af!'

'Ga dan gewoon naar de kapper!' schreeuw ik. Ik begin mijn geduld te verliezen. Zit ik me daar uit te sloven, en dan is het nog niet goed.

'Nee,' gilt Pip. 'Ik doe het zelf wel!'

Hij rent weg. In de deuropening knalt hij tegen Beer op. Haar gezicht staat ook op onweer.

'Moet je nu eens kijken!' roept ze. 'Dit was de enige die nog goed paste!' Ze houdt een lichtblauwe linnen broek omhoog. 'Hij is hartstikke gekrompen! Ik krijg hem niet meer dicht! En de lakens op mijn bed stinken, terwijl ik ze net schoon uit de kast heb gehaald.' Ze kijkt om zich heen. 'Wat een puinhoop is het hier!'

Nu word ik zo woest dat ik de schaar, die ik nog in mijn hand heb, door de keuken smijt.

Hij scheert rakelings langs Beers hoofd. Ik schrik van mezelf, maar mijn woede is sterker. 'En nou heb ik er compleet genoeg van!' schreeuw ik. 'Wie denken jullie dat ik ben? Jullie sloofje? Een slavin? Doe je was voortaan zelf! Ik doe het niet meer! Ik doe niks meer. Ik doe toch nooit iets goed! Jullie zoeken het maar uit!'

Ik storm de keuken uit, struikel over de rotzooi die op de trap ligt, verzwik mijn enkel, vloek, ren mijn kamer binnen en sla de deur met zo'n klap dicht dat het hele huis ervan trilt.

Dan geef ik een enorme trap tegen Annabel, die
daardoor tegen de spiegel aan vliegt. Haar arm breekt
af, de pruik vliegt door de kamer heen. 'En jij, stomme
rotmoeder, waarom heb je ons in de steek gelaten?
Waarom moet ik alles alleen doen? Ik haat je!'
Ik plof op mijn bed neer en barst in huilen uit.

Als ik wakker word, is het 02.41. De kikkers in het
zwembad kwaken nog steeds. Mijn ogen voelen
branderig en gezwollen en ik heb barstende koppijn.
Annabel ligt in een bundel maanlicht op de grond.
Kaal en zielig geknakt, alsof ze een ongeluk heeft
gehad. Ik moet heel nodig plassen.
Voor mijn deur in de gang staat een bord met drie
boterhammen, een stuk ontbijtkoek, een reep chocola
en een glas melk. Ik val er bijna over. Op het glas zit
een geel briefje.

Leive Sanie,
het speit me hel erg.
Ik hat een rodag op
school.
Ik heb de romel opgeruimt
Plies, niet meer boos
zijn.
Je alerlifste broer Pipo

Oef, wat maakt Pip veel fouten. Uit de boterham steekt
ook een briefje. Lekker handig; als ik dat niet gezien
had, had ik het opgegeten.

Ik stap over het bord heen. Het is wel makkelijk om sorry te zeggen, maar het lost niks op.

Het maanlicht valt door het badkamerraam naar binnen. De lamp is al weken kapot en ik vergeet steeds een nieuwe te kopen. Ik moet ook aan zoveel denken. Ik schrik me rot als ik opeens vlak achter me gekwaak hoor. Het bad zit vol kikkers. Ze proberen langs de wand omhoog te kruipen, maar vallen steeds terug. Gelukkig kunnen ze er niet uit.

Ik zucht en ga op de wc zitten. Na twee seconden plassen spring ik gillend omhoog.

Ieeeek, er zit iets aan mijn billen! Ik kijk om.

Getverdegetver! Er zit een dikke vette kikker in de plee. Gatver, mijn onderbroek is nat en de vloer ook. En ik heb de kikker nat geplast. Hij kijkt me met grote uitpuilende ogen aan en kwaakt.

Op de gang klinkt gestommel. Beer schuifelt met een slaperig gezicht de badkamer binnen.

'Wat is er? Is er een inbreker?'

Ik wijs naar de wc.

Beer spert haar ogen wijd open en gilt: 'Getverdemme, wat een joekel!'

'Hij zat aan mijn billen!'

'Jasses, wat een viezerik!'

De kikker kwaakt weer en maakt een sprong. Beer springt achteruit om hem te ontwijken. Ze glijdt uit over de badmat en grijpt zich aan de wastafel vast. De wastafel kraakt en bezwijkt onder haar gewicht.

'Haal hem weg! Haal dat vieze beest weg!'

'Doe het zelf!' gil ik terug. 'Ik raak hem niet aan. Ik ga Pip halen.' Ik ren de trap op en ruk zijn deur open.

'Pip, wakker worden, er is een beest ontsnapt!'

Pip komt met een slaperig gezicht overeind. Hij heeft nog steeds lang en kort haar tegelijk. Zijn bed staat voor een verschrikkelijk boos stuk bos.

Familieberaad

Even later zitten we met zijn drieën bij kaarslicht in
de keuken ijs te eten. Pip heeft de kikker naar buiten
gebracht. Nu maar hopen dat de rest in bad blijft.
De vloer is redelijk netjes opgeruimd, maar ik zie in
het maanlicht nog scherven glinsteren en haar liggen.
Het aanrecht staat vol afwas. Ik ben er nu te moe voor.
'We moeten een familieberaad houden,' zeg ik ernstig.
'Het gaat zo niet langer.'
'Wat gaat niet langer?' vraagt Beer met volle mond. Ze
lepelt het ijs zo uit de doos.
'Alles niet. Ik hou het niet meer vol. Ik weet niet of
jullie het in de gaten hebben, maar ik zorg zo'n beetje
overal voor. Ik doe het hele huishouden. En jullie
hebben altijd maar commentaar. Ik doe het niet meer
en ik kan het niet meer. Ik heb niet eens tijd voor mijn
huiswerk.' Er wellen alweer tranen in mijn ogen op.
Stik. Ik wil niet dat ze me zien huilen. Ik verberg mijn
gezicht in mijn handen.
Pip klopt op mijn rug. 'Huil je?' vraagt hij met een dun
stemmetje.
'Ja, ik kan ook huilen, hoor,' zeg ik fel. 'Ik ben gewoon
hartstikke moe van alles.'
Pip haalt zijn hand weg. 'Sorry hoor,' zegt hij. 'Dat wist
ik niet. Ik heb er nooit zo bij nagedacht... Ik kook toch
vaak?'
'Ja, dat wel, maar wat denk je van de was, de
boodschappen, wie stofzuigt er, wie ruimt er de
rotzooi op?'

'Ik... het was altijd zo gewoon... ik was eraan gewend dat jij altijd alles deed, Sam. En je zei er nooit iets van. Het spijt me.'

Ik snuit mijn neus in de vieze theedoek die op de tafel ligt en kijk woedend naar Beer. 'En waarom doe jij nooit iets? Omdat je het altijd druk hebt, hè? Omdat je moet leren. Omdat je alleen maar tienen wilt halen. Maar denk je ook wel eens aan mij? Ik ga waarschijnlijk niet eens over.'

'Sssst, niet zo hard schreeuwen, papa slaapt,' zegt Pip.

'Hij is net toch ook niet wakker geworden?' zeg ik kwaad. 'Wij moeten alles maar alleen uitzoeken. Ik kan het niet meer aan. Er moet iets veranderen, het kan zo niet meer. Moet je zien in wat voor een puinhoop we leven! We nemen nooit iemand mee naar huis en waarom niet? Omdat we ons schamen voor de zooi.'

'Ja, maar ook omdat iedereen ons alleen maar aardig vindt omdat we rijk zijn en een beroemde vader hebben,' zegt Beer bitter.

'Pip wordt gepest op school,' ga ik verder, 'en niemand die er iets aan doet.'

'We meppen die pestkoppen gewoon in elkaar,' zegt Beer strijdlustig.

'Nee, dat doen jullie niet,' zegt Pip snel. 'Ze schelden me nu al uit voor watje en mietje. En als mijn zussen me dan komen helpen, sta ik helemaal voor gek.'

'Jullie moeten meer doen in het huishouden,' zeg ik. 'Papa moet ook meehelpen. En hij moet van die werkkamer af. Dat writer's block wordt alleen maar erger. Hij moet de deur uit, iets meemaken, dan komt die vastgeroeste boel misschien los.'

'Ja, hij moet ons helpen,' mompelt Pip zachtjes.

Beer staat op om een nieuwe doos ijs uit de vriezer te pakken. We hebben altijd een hele voorraad. 'Jullie ook nog?' vraagt ze. Pip en ik knikken somber.

Zo zitten we een tijdje in stilte te lepelen. Boven gaat een deur open. We kijken elkaar aan.

'Nou, wie gaat het hem zeggen?' vraag ik. Beer en Pip kijken verwachtingsvol naar mij. Ik zucht.

Papa stommelt de keuken binnen. Mager, ongeschoren, plakkerig haar, zwarte kringen onder zijn ogen.

'Zo kinderen, gezellig dat jullie nog op zijn.'

Ik kijk naar de keukenklok. Het is half vier.

'Pap, we moeten met je praten.'

'Wat zeg je?'

'Oordoppen uit!' roep ik.

Hij plukt ze uit zijn oren en stopt ze in zijn zak.

'We willen met je praten,' zegt Beer.

'Dat komt goed uit,' zegt mijn vader. 'Ik moet ook eens even ernstig met jullie praten.'

We kijken hem alle drie verbaasd aan. Hij haalt een verkreukelde rode envelop uit zijn broekzak. 'Ik had er vandaag alweer een bij de post. Een gedicht. Is dit soms een grap van een van jullie?' Hij kijkt ons met gefronste wenkbrauwen aan.

'Nee,' zeggen Beer en Pip tegelijk.

'Sam?'

'Nee,' zeg ik. 'Natuurlijk niet. Mag ik hem lezen?'

Hij knikt. Ik haal de brief uit de envelop. Hij is weer knalgeel.

Ik lees het gedicht hardop voor.

Tot op heden

Ik klamp mij vast aan mijn woorden
maar ze buigen om
Razendsnel komt de bodem dichterbij
Inslag
Einde
Krater
Grot
God, het suist in mijn oren
Waar is de noodrem, de lichtknop
het valscherm, de verdoving
Mijn houvast
zijn enkel woorden

Maar helaas
tot op heden
geen bericht

Iedereen is stil.

Mijn vader schraapt zijn keel. 'Ik had het idee dat een van jullie me door deze gedichten iets probeerde te zeggen.'

'Nee, hoor,' zeg ik. 'Zo goed kunnen wij helemaal niet dichten.'

'Ik krijg er kippenvel van,' zegt Pip met een klein stemmetje. 'Het lijkt alsof ze over ons gaan.'

Papa wrijft in zijn ogen. 'Dan snap ik er niks van.' Hij heeft Pips vreemde kapsel niet eens opgemerkt.

'Pap, wij hebben dat gedicht echt niet geschreven, maar... maar we willen wel met je praten,' zeg ik. Mijn stem klinkt schor. Ik schraap mijn keel en ga rechtop zitten. Ik ga het nu echt zeggen, ook al heb ik buikpijn van de zenuwen. 'Papa... het gaat zo echt niet langer...'

'Wat niet? Het gaat toch goed met jullie? We hebben het toch fijn samen? Gaat het niet goed op school? Is er te weinig geld?'

'Kijk eens om je heen, pap.'

Mijn vader kijkt de keuken rond. Zijn blik blijft op Pip rusten. 'Wat is er met je gezicht gebeurd, jongen? Ben je gevallen?'

Pip krijgt een rood hoofd en knikt.

'Dat is niet waar, pap, hij wordt gepest op school,' zeg ik fel. 'Ze hebben hem geslagen. Verder is het een enorme troep hier in huis. Ik doe bijna alles in mijn eentje. De was, de boodschappen, de vuilnisbakken, stofzuigen, alles. En Beer heeft ook problemen.'

'Wat, ik? Problemen?' onderbreekt Beer me met schrille stem. 'Ik niet, hoor.'

Ik ga er niet op in. 'En... en ik... ik kan het gewoon niet meer. Ik ben de hele tijd hartstikke moe. Ik moet aan alles denken en jij zit maar op je kamer en... en... jij doet helemaal niks! Jij laat ons gewoon stikken!'

Oeps, dat laatste was ik niet van plan te zeggen.

Ik kijk hulpzoekend naar Beer en Pip, die allebei met een rood hoofd aan hun nagels zitten te pulken.

Mijn vaders ogen vullen zich met tranen.

Ik kan mezelf wel voor mijn kop slaan. Nog drie jaar writer's block erbij. Stik, stik, stik, allemaal mijn schuld. 'Sorry papa, dat had ik niet moeten zeggen... ik... we...' stotter ik.

Mijn vader legt zijn hand op mijn arm. 'Stil maar, Sam. Je hebt gelijk. Het is inderdaad niet verantwoord dat drie kinderen zonder moeder... en ik...' Hij stopt met praten omdat hij een brok in zijn keel heeft.

Pip snottert in de theedoek en Beer verbergt haar gezicht in de bak ijs. Ik zie dat ze ook moet huilen. Mijn vader veegt zijn ogen af en haalt diep adem. 'We hebben hulp nodig. We moeten weer een au pair in huis nemen. En een nieuwe tuinman.'

'Nee!' roepen we alle drie tegelijk. 'Dat niet!'

'Wat dan?' vraagt mijn vader verbaasd. 'Wat moeten we dan doen?'

'Misschien kun jij gewoon een beetje meer doen,' zeg ik voorzichtig. 'Wie weet is dat wel goed voor je. Dan gebeurt er eens iets... en kom je ook het huis uit.'

'Daar zit wat in...' zegt mijn vader bedachtzaam. 'Je hebt gelijk, Sam. Ik zit maar op mijn kamer en er komt niks uit mijn handen. Ik ben jullie vader, ik moet voor jullie zorgen.'

Hij kijkt naar de rode envelop en het gedicht op tafel. Dan haalt hij diep adem en glimlacht. 'Doe mij ook maar wat ijs. Vanaf vandaag gaat alles veranderen. Ik ga mijn best doen, ik beloof het jullie!'

Alles wordt anders

Pap, wil je aublorp de
vuilnisbakken buiten-
zetten en eens naar
het zwembad kijken...
Het zou fijn zijn als wij
erin konden zwemmen,
ipv de kikkers
xxx Samantha-Marieth

Ik plak het gele briefje op zijn beeldscherm. Papa
staat onder de douche. Hij heeft de gedichten met
punaises aan de muur geprikt. Het is een raadsel waar
ze vandaan komen. Het lijkt net alsof ze met ons te
maken hebben, maar dat kan helemaal niet. Ik staar
naar buiten. Wat moeten we nou met Pip doen?
Kindertjes platslaan is geen oplossing. Van school
veranderen heeft ook geen zin. Pip heeft al op een
andere school gezeten. Nadat hij overgestapt was,
gebeurde er weer precies hetzelfde. Zijn laatste rapport
was heel slecht. Papa zou op school moeten gaan
praten. En Pip zou moeten leren meer van zich af te
bijten. Ik weet hoe ze hem op school noemen. Niet Pip,
maar Piepje.
Misschien moet hij op karate of zo. Maar dat wil hij
vast niet. Ik weet dat hij graag op ballet zou willen,
maar dat durft hij niet te zeggen. Het Zwanenmeer van
Tsjaikovski draait hij helemaal grijs. Ik heb hem eens
zien dansen toen hij dacht dat hij alleen was. Het was
heel mooi en sierlijk.

Er is een plek op zijn muur, in het Lichte Bos, waar twee meisjes en een jongen dansen in het maanlicht. Ze lijken op ons. Dat vind ik het mooiste gedeelte van de schildering. Als ik ernaar kijk, word ik blij.
Ik voel me toch een stuk beter dan gisteren, ook al zijn de problemen nog niet opgelost. We hebben er in ieder geval over gepraat. Iedereen gaat zijn best doen. Ik hoef niet meer alles alleen te doen. Toen ik vanmorgen beneden kwam, hadden Pip en Beer de afwas al gedaan. Een wereldwonder. En Beer had Pips haar verder geknipt. Gelukkig dat hij zo'n dikke bos krullen heeft, dan zie je tenminste niet dat het ongelijk is. In ieder geval ziet hij er nu een stuk jongensachtiger uit. Vanmiddag ben ik na het zesde uur uit. Ik ga lekker op de fiets de stad in. Mezelf verwennen. Samen met PP. Alles wordt anders.

Als ik 's middags de bocht van onze straat omzwier, fluitend en zwaarbeladen met tassen, staat mijn hart opeens stil van schrik. Er staat een ziekenauto voor onze poort. En een vuilnisauto. En een politiewagen. En een heleboel mensen. Ik krijg een vreselijk voorgevoel. Ik rem piepend af, gooi mijn tassen op de grond en duw de mensen weg.
Er wordt net een brancard de auto ingeschoven door mannen in witte jassen.
'Neeeee!' gil ik. Ik duw de twee vuilnismannen die ervoor staan opzij.
Het is papa die op de brancard ligt. Er zit bloed op zijn hoofd en zijn ogen zijn dicht. Hij ziet spierwit.
Het eerste dat door mijn hoofd flitst is: mijn schuld!

Mijn schuld! Ik heb hem gevraagd de vuilnisbakken buiten te zetten. Het is mijn schuld!

'Papa! Papa!' Ik probeer bij hem te komen, maar hij ligt al in de ambulance.

Een van de vuilnismannen houdt me tegen. Hij slaat zijn arm om me heen. 'Rustig maar, meisje,' zegt ze. 'Je vader is niet dood.'

Het is geen mannenstem, maar een vrouwenstem. De vuilnisman is een vuilnisvrouw.

Ik ruk me los. 'Papa!' gil ik weer.

De witgeklede mannen doen de deur van de ambulance voor mijn neus dicht. Een agent komt naar me toe en pakt me bij mijn schouder. 'Is dat je vader?' vraagt hij.

'Ja, en ik wil mee! Stop!'

'Dat lijkt me beter van niet,' zegt de politieagent.

'Jawel! Ik moet mee! Wat heeft hij?'

De ambulance rijdt met gillende sirene weg. Ik heb het gevoel dat ik in een nachtmerrie zit en knijp heel hard in mijn arm. Ik ben gewoon wakker. Dit gebeurt echt.

'Woon je daar?' De politieagent knikt naar ons huis.

'Ja,' zeg ik. Er dringt iets anders tot me door. Hij mag de rommel in ons huis niet zien, want dan gaat hij vragen stellen.

'Is je moeder thuis?'

'Nee... Ja... nee,' stotter ik. 'Nog niet...'

'Kom, we gaan even naar binnen, daar is het rustiger. Misschien wilt u ook even met mij meegaan,' zegt hij tegen de vuilnisvrouw.

'Mijn collega ook?'

De politieman denkt na. 'Laat uw collega maar verder gaan met zijn werk.'

De agent loopt voor me uit, de oprijlaan op. Mijn
benen zijn van kauwgom en ik tril helemaal. Ik kan
niet goed nadenken. Maar ik moet. Ik moet mijn
hersens bij elkaar houden.
Als ik omkijk, zie ik dat de mensen druk tegen elkaar
praten. Ze wijzen naar mij en naar iets op straat. Twee
omgevallen vuilnisbakken. Er ligt overal rommel. En
er ligt bloed op de stoep. Papa's bloed.

Als ik aan de keukentafel zit en uit het glas water
probeer te drinken dat de vuilnisvrouw me gegeven
heeft, lukt dat niet. Mijn tanden klapperen tegen het
glas en ik kan mijn hand niet stilhouden. Ik zie dat de
politieman met opgetrokken wenkbrauwen rondkijkt.
Op de koelkast zit een geel briefje. Vanmorgen zat dat
er nog niet.

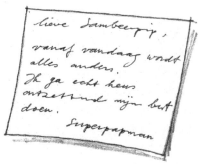

Ik trek het eraf en stop het onopvallend in mijn zak.
'W-wat is er nou met hem?' vraag ik met een
bibberstem. Ik heb het gevoel dat mijn hart nog steeds
stilstaat.
De agent zoekt naar een plek om te gaan zitten,
maar op alle stoelen ligt rommel. 'Voor zover de

ambulancedokter kon zien, heeft je vader een gebroken been en waarschijnlijk een hersenschudding. Hij was buiten bewustzijn. In het ziekenhuis wordt hij verder onderzocht.' Zijn ogen dwalen door de keuken.

Ik zie hem denken: wat is dit voor een familie? Zo'n groot duur huis, en dan zo'n bende? Wat zou hier aan de hand zijn?

'Maar... hoe... wat is er dan gebeurd?' vraag ik.

'Dat weten we niet. Ik snap niet dat hij ons niet hoorde,' zegt de vuilnisvrouw. Ik zie nu pas dat zij ook heel wit ziet en trillende handen heeft.

'Hij had oordoppen in,' zeg ik toonloos.

De agent en de vuilnisvrouw kijken me verbaasd aan.

'Maar dan nog,' zegt de politieagent. 'Een vuilniswagen maakt zoveel lawaai... Het is een raadsel.'

Mijn schuld, mijn schuld, dreunt het door mijn hoofd. Als ik het niet gevraagd had van die vuilnisbakken was het niet gebeurd.

Op dat moment stormt Pip binnen. Met blauw oog en al. O jee. Dit gaat helemaal verkeerd. Binnen de kortste keren zitten we in een kindertehuis, ik weet het zeker.

'Pip, Pip,' zeg ik snel. 'Papa heeft een ongeluk gehad. Weet jij wanneer mama thuiskomt?'

Pip staart me verbijsterd aan. 'Mama... Een ongeluk?' Zijn stem gaat paniekerig omhoog, alle kleur verdwijnt uit zijn gezicht. 'Is hij... is hij...'

'Nee,' zegt de vuilnisvrouw geruststellend. 'Hij is niet dood en hij gaat ook niet dood.' Ze pakt zijn arm. 'Ga even zitten, jongen.'

Pip barst in huilen uit. De politieagent kijkt onhandig toe. 'Hij heeft zijn been gebroken. Hij wordt naar het ziekenhuis gebracht en wordt daar onderzocht.'

Ik kniel naast Pip neer en sla mijn armen om zijn schokkende schouders. 'Pip, luister! Zeg dat onze moeder om zes uur thuiskomt!' sis ik in zijn oor. 'Anders halen ze de kinderbescherming erbij.'

Pip kan helemaal niet praten, zo hard moet hij huilen. Het snot druipt uit zijn neus. De vuilnisvrouw kijkt om zich heen, op zoek naar een keukenrol. Ik geef Pip de vieze theedoek.

De telefoon van de politieagent gaat. Hij neemt op en luistert. 'Goed, ja... ja, ik begrijp het,' zegt hij. Hij drukt de telefoon uit en stopt hem terug in zijn zak.

De zenuwen knallen door mijn lijf. Heeft hij nu te horen gekregen dat we geen moeder hebben? Was het de kinderbescherming... Was het het ziekenhuis?

Ik kijk hem angstig aan. Mijn hart bonkt in mijn keel.

'Wanneer komt jullie moeder thuis?'

'Pip?' vraag ik. 'Hoe laat zei ze dat ze thuiskwam?'

'Z-zes uur...' stottert Pip. 'Ze zei... om... om z-zes uur.'

Ik laat mijn adem ontsnappen. Hij begrijpt het.

'Heeft ze geen mobiel bij zich?' vraagt de agent.

'Nee,' zeg ik snel. 'Die was kapot.' Ik haal diep adem. Ik moet nadenken. Papa wordt beter, hij gaat niet dood en die mensen moeten hier weg.

'Ik moet gaan,' zegt de politieagent, 'er is nog een ongeluk gebeurd, ze hebben me nodig. Ik vind het niet verstandig om jullie hier alleen te laten. Misschien kunnen jullie beter even meegaan naar het bureau.'

'Nee, mijn zus kan elk moment thuiskomen, we moeten op haar wachten. Wat moeten we op het bureau doen?' Mijn stem klinkt paniekerig.

'Daar is iemand die jullie naar het ziekenhuis kan brengen,' zegt de agent.

'Ik blijf wel bij ze,' zegt de vuilnisvrouw. 'Als het andere kind er is, breng ik ze naar het ziekenhuis. Ik zal een briefje voor de moeder achterlaten.'

'Ok, dat is goed.' De agent geeft haar zijn kaartje en draait zich om.

Fletsj! klinkt het. Hij glijdt uit, zwaait met zijn armen door de lucht en kan zich nog net vastgrijpen aan het aanrecht.

'Wat is dát?' roept hij geschrokken.

We kijken allemaal naar de vloer. Het is een kikker.

Het was een kikker.

Als de politieagent weg is, ruimt de vuilnisvrouw de uit elkaar gespatte kikker op.

Ik kijk de andere kant op. Getver. 'Ze komen uit het zwembad,' zeg ik. 'Misschien hebben ze honger.'

Ze glimlacht naar me alsof wat ik zeg heel normaal is. Waarschijnlijk denkt ze dat ik gek ben.

Ze heeft aardige blauwe ogen en er komen blonde krullen onder haar pet uit. Ze heeft een zwarte veeg op haar wang en er zit bloed op haar knalgele overall.

Ik begin opeens te rillen alsof ik het heel koud heb en kan niet ophouden.

Beer schrikt zich ook rot als ze thuiskomt. Ze had mijn fiets en de tassen zien liggen en begreep meteen dat er iets mis was. Buiten adem stormt ze de keuken binnen. 'Wat is er aan de hand?'

'Papa heeft een ongeluk gehad. Hij ligt in het

ziekenhuis,' zeg ik. 'De vuilniswagen heeft hem
aangereden.'
'Hoe krijgt hij dat nou voor elkaar?' roept Beer uit.
'Wat heeft hij?'
'Hij heeft waarschijnlijk alleen maar zijn been
gebroken,' zegt de vuilnisvrouw. 'En een hoofdwond.'
Beer barst in snikken uit. Ik pak haar hand.
'Zijn jullie... zijn jullie h-helemaal over hem heen ge-
gereden?' stottert Beer.
'Nee, nee,' zegt de vuilnisvrouw sussend. 'Gelukkig niet.'
'Gaan we naar het ziekenhuis? Ik wil naar hem toe!'
De vuilnisvrouw kijkt op haar horloge. 'Misschien
kunnen we beter op jullie moeder wachten, het is bijna
half zes.'
'Onze moeder?' vraagt Beer verbaasd.
Chips! Ik gebaar en trek gezichten naar haar, maar
de vuilnisvrouw ziet het. Ze trekt vragend haar
wenkbrauwen op. Ik zie aan haar ogen dat ze vermoedt
dat er iets niet klopt.
Ik zak in elkaar.
'Ooo... onze moeder,' zegt Beer. 'Ja, die zal zo wel
komen.' Ze kijkt me hulpeloos aan.
'Om zes uur,' zegt Pip met schrille stem. 'Dat zei ze,
maar het kan ook zeven of acht uur zijn...'
'Ja, gaat u maar weg,' ratel ik. 'We redden ons wel. Als
mama komt, gaan we samen naar het ziekenhuis toe.'
De vuilnisvrouw zet haar pet af en ritst haar pak
open. Ze is begin dertig, schat ik. Mager en een beetje
jongensachtig.
'Dit is misschien een rare vraag, maar... komt jullie
moeder echt wel thuis?' vraagt ze zacht.

Ik zwijg en kijk naar de grond. Er liggen donkere krullen, scherven van de spiegel, kruimels en broodkorsten. Ik voel me zo moe.

Zal ik eerlijk zijn, of zal ik proberen haar iets op de mouw te spelden? Om de een of andere reden heb ik het gevoel dat dit iemand is die ik niet voor de gek kan houden.

Ik haal diep en trillerig adem en zeg tegen de keukenvloer: 'We hebben gelogen. We hebben geen moeder. Ze is al heel lang dood.'

Het is even heel stil in de keuken. Zelfs de kikkers buiten kwaken niet.

'Wat naar voor jullie.'

Haar stem klinkt heel anders dan daarnet.

'Ja,' zeg ik en ik bestudeer mijn nagels, die ik vanmorgen zwart gelakt heb.

'Waarom... waarom hebben jullie dan gelogen tegen die agent?'

Ik kijk Beer hulpzoekend aan. Ze loopt naar de koelkast. Wat een lafaard. Als ze hem opendoet, komt er een bedorven lucht uit. Ze pakt een fles cola eruit en doet hem snel weer dicht.

'We zijn bang dat we naar een kindertehuis moeten, of naar een pleeggezin,' mompel ik.

'Waarom? Jullie vader zorgt toch voor jullie?'

Als de andere twee hun mond nu dichthouden, kan ik me er misschien nog uit redden.

'Mijn vader heeft een writer's block,' zegt Pip.

Ik spring overeind. 'Zullen we nu dan maar naar het ziekenhuis gaan?'

Een ijzeren poot

We zitten met zijn vieren in de wachtkamer. Ze zijn in
mijn vader aan het snijden.
Ik ril bij de gedachte. Ik ben misselijk en probeer
na te denken, maar mijn hersens zijn blubber. Beer
heeft snoep uit de automaat gehaald en propt zich
vol met chocola. Pip bladert met bibberige handen
in een *Donald Duck*. De vuilnisvrouw heeft haar pak
uitgedaan. Ze heeft er een afgewassen spijkerbroek en
een vaal T-shirt van Greenpeace onder aan. Ze leest in
een tijdschrift over auto's. Ik bedenk opeens dat ik niet
eens weet hoe ze heet.

Aan het eind van de hal komt een politieagent
aangelopen. Het is een andere dan daarnet.
Ik ga snel naast de vuilnisvrouw zitten en fluister in
haar oor: 'Wil je alsjeblieft zeggen dat je onze moeder
bent? Als papa in het ziekenhuis moet blijven, en ze
horen dat we geen moeder hebben, mogen we vast niet
alleen thuisblijven. Dan moeten we ergens heen en dat
willen we niet! Plies, plies, help ons!'
Ik knijp haar in haar arm. Ze heeft geen tijd om te
antwoorden.
De politieagent staat voor ons. Hij haalt een
opschrijfboekje tevoorschijn.
'Zijn jullie de kinderen van meneer van Zwanenburg?'
Ik kijk de vuilnisvrouw smekend aan. Ik zie dat ze
aarzelt. Pip, die links van haar zit, legt zijn hand op
haar arm en zijn hoofd tegen haar schouder. Alsof

het zijn moeder is. Hij kan geweldig toneelspelen. De vuilnisvrouw slikt.

'Mag ik jullie namen?' vraagt de agent.

Ik knik en knijp de vuilnisvrouw nog eens. Morgen ziet ze bont en blauw.

'Ik heet Samantha-Maria,' zeg ik. 'Ofwel Sam.'

'Geboortedatum?'

'Eenentwintig maart negentien eenennegentig,' zeg ik.

'Jongeman?'

'Ik heet P-Pippip... Philip,' stottert Pip.

'Wat zeg je?'

'Hij heet Jean-Philip,' zeg ik. 'Geboortedatum dezelfde.'

De agent kijkt verbaasd op. 'Een tweeling?'

'Maak er maar een drieling van,' zegt Beer.

'Jullie lijken helemaal niet op elkaar,' zegt de politieagent. 'En je broer is een kop groter.'

'Toch is het waar,' zeg ik.

'Ik heet Berenieke Aurora,' zegt Beer. 'De geboortedatum weet u.'

Pip pakt de hand van de vuilnisvrouw vast. Ze kijkt hem verbaasd aan. Ik zie dat ze een grijns onderdrukt. O, als ze nu maar meespeelt...

De agent krabbelt wat in zijn boekje en kijkt dan over de rand van zijn bril naar de vuilnisvrouw. 'Uw naam?'

Ze kijkt me aan. Mijn hart klopt in mijn keel. Plies, plies, smeken mijn ogen.

'Ik heet Isabel,' zegt Isabel. Haar stem trilt. 'Isabel... van Zwanenburg.'

Even later staan we naast papa's bed. Hij slaapt. Zijn been zit in het gips en hangt in een ingewikkelde installatie. Er zitten pleisters op zijn gezicht, hij heeft een verband om zijn hoofd en hij ziet wit.

'We hebben hem mooi gerepareerd,' zegt de dokter die over hem heen gebogen stond. 'Hij wordt weer helemaal de oude, hoor.'

Papa heeft een infuus in zijn arm en een slangetje in zijn neus. De tranen branden in mijn ogen, maar ik hou ze binnen.

'Hij heeft een flinke beenbreuk. We hebben er ijzeren pennen ingezet. Hij heeft ook een zware hersenschudding. We vermoeden dat hij geen hersenletsel heeft, maar als hij wakker wordt, gaan we nog wat onderzoeken doen.'

'Wanneer mag hij weer naar huis?' vraag ik.

'Nou, dat duurt wel even, meisje. Ik denk dat we hem minstens een week of twee hier houden. Maar nu moeten jullie gaan. Morgen kunnen jullie weer met hem praten.'

Pip haalt zijn blokje met gele briefjes uit zijn zak. Dat heeft hij altijd bij zich.

Leive pap,
Ik ga iets moois von je maken.
Ik was erg geshroken, maar het hort weer goet zij de dokter. Je hept aleen een ijzere poot.
XxxxxxxxxxxxxxxxxxxxxxxPip

'Pip!' zeg ik berispend. Maar ik ben blij dat hij weer een grapje kan maken.

Beer schrijft er ook een.

Ik schrijf:

We plakken de briefjes op zijn kussen en lopen
zachtjes de kamer uit.
Nu moeten we Isabel zien te lozen.

De slimste zus van de wereld

Isabel brengt ons met de taxi naar huis. We zitten in de keuken. Het is zo'n raar idee dat papa nu niet boven op zijn werkkamer zit, maar in het ziekenhuis ligt.

'Ga nou maar, Isabel. We redden ons heus wel.'

'Hebben jullie geen familie in de buurt wonen?'

'We hebben alleen een opa en een oma, die wonen in Zuid-Frankrijk,' antwoord ik.

'En een tante in Amerika,' voegt Beer eraan toe.

'Kunnen jullie niet naar vrienden toe?'

Ik schud mijn hoofd. Ik durf niet te zeggen dat we geen echte vrienden hebben.

'En is er een huishoudster? Een au pair?'

Weer schud ik van nee.

'Doet jullie vader alles alleen?'

We kijken elkaar aan. Het gebeurt niet vaak dat we ons ook echt een drieling voelen. Nu wel.

'We zijn gewend om alles samen te doen, en dat gaat heel goed,' zeg ik en ik schuif met mijn voet een lege cornflakesdoos onder tafel. 'Maak je maar geen zorgen om ons. Ga nou maar. Het is al negen uur. Heb jij geen kinderen die op je zitten te wachten. Of een man?'

Isabel schudt haar hoofd. 'Nee hoor. Maar zijn jullie niet bang, alleen in dit grote huis?'

'Welnee,' zeg ik stoer. 'We hebben een alarminstallatie.'

Snel geef ik Pip als waarschuwing een trap onder tafel, voordat hij eruit flapt dat die al jaren stuk is.

'We hebben ook speciaal afgerichte waak-kikkers,' zegt Beer.

Isabel glimlacht en staat op. 'En het eten dan? Zal ik iets voor jullie koken?'

'We bestellen wel een pizza,' zeg ik.

Ze aarzelt. 'Weet je, ik kan er flinke problemen mee krijgen als ze ontdekken dat ik niet echt jullie moeder ben en dat jullie hier alleen zijn. Die eerste agent weet dat ik van de vuilnisophaaldienst ben.'

'Je krijgt er geen last mee,' zeg ik. 'We zijn geen kleuters meer, we zijn al bijna dertien.'

'Jeetje, dat is oud,' zegt Isabel met een grijns. 'Hebben jullie geld om boodschappen te doen?'

'Geld is geen probleem,' zeg ik en ik trek mijn PP uit mijn achterzak. 'Kijk maar. Echt, we redden ons wel.'

'Goed,' zegt Isabel, 'maar ik kom morgen even langs om te kijken. Dan is het vrijdag en heb ik vrij.'

We zitten samen aan tafel. Onze borden liggen vol pizzakorsten.

Pip ziet er doodmoe uit. Ik heb het gevoel alsof ik een week niet geslapen heb. Beer likt haar vijfde bakje chocomousse uit.

'Dit is voor het eerst dat we alleen thuis zijn,' zeg ik.

'Behalve de keer dat papa naar die filmpremière in New York moest,' zegt Beer. 'Maar toen was die stomme au pair er. Hoe heette ze ook alweer?'

'Katrien Duck was dat,' zegt Pip. 'Ik weet nog dat ik toen met papa's oordoppen rondliep, omdat ze de hele tijd zo kwekte.'

Beer staart voor zich uit. 'Ze is best aardig, vinden jullie niet?'

'Wie? Katrien?'

'Nee joh, Isabel. Ik heb "de blik" nog niet in haar ogen gezien. Ze doet heel normaal.'

'Ze weet het misschien goed te verbergen,' zeg ik. 'Vroeg of laat komt de aap toch wel uit de mouw.'

'Ik vind haar ook aardig,' zegt Pip. 'Ze lacht leuk.'

Ik rol met mijn ogen. 'Jullie laten je veel te makkelijk inpakken.'

'En jij bent heel erg achterdochtig,' zegt Beer.

'Terecht,' zeg ik. 'Ik ga naar bed.'

Beer springt opeens overeind en haar stoel valt om.

'Chips!' Ze slaat met haar hand tegen haar hoofd.

'Ik heb mijn huiswerk niet gedaan. Ik heb morgen proefwerk Frans! Ik moet nog leren!'

'Dat lukt toch niet meer,' zeg ik. 'Ik typ wel een briefje
voor je. Dan kun je het later inhalen.'
Beer kijkt opgelucht. 'Je bent een schat.'
Dat heeft ze nog nooit gezegd. Ze is echt in de war.
We sjokken achter elkaar aan de trap op. Ik laat alle
lichten aan.
Als ik in papa's kamer kom, krijg ik weer tranen in
mijn ogen. Het vuur in zijn open haard is uit. Het voelt
als een slecht voorteken.
Ik ga op zijn stoel zitten en lees de gedichten die aan
de muur hangen. Wie zou ze toch geschreven hebben?
De computer staat nog aan en als ik op de enter-toets
druk, verschijnt er een leeg wit vel.

Geachte mevrouw of meneer,

Ik heb een ongeluk gehad en ik lig nu in het ziekenhuis
met 10 kilo ijzer in mijn been en een hersenschudding.
Daarom kon Beer (1Gm) haar huiswerk niet maken.

Met vriendelijke groet,

W. van Zwanenburg

Ik print hem uit en zet er mijn vaders handtekening
onder. Daar ben ik erg goed in.
Die tien kilo ijzer is misschien een beetje overdreven,
maar ik ben te moe om het te veranderen. Het is al
kwart over twaalf en ik kan mijn ogen niet meer
openhouden.
Als ik bij Beer op haar kamer kom om het briefje
te geven, zie ik dat Pip bij haar in bed ligt. Dat is

minstens een eeuw geleden. Vroeger deden we dat wel vaker en dan vertelden we elkaar verhalen totdat we in slaap vielen. Beer heeft een groot hemelbed. Normaal liggen er allemaal boeken in, maar die liggen nu op de grond, tussen de andere troep.

'Hier is je brief,' zeg ik gapend. 'Slaap lekker.'

'Slaap lekker, Sammie,' zeggen Beer en Pip tegelijk.

Ik strompel naar mijn kamer. Annabel staat in het maanlicht. Ze heeft haar blonde pruik weer op en haar arm zit er weer aan. Er zit een geel briefje op haar neus geplakt

Sam,
jij bent de beste en de slimste zus van de hele wereld. (Slijm, slijm, maar heus echt waar)
♥♥♥♥♥ Beer en Pip

Ik trek mijn pyjama aan en sprint terug naar Beers kamer.

'Schuif eens op!' zeg ik en ik wurm me tussen hen in. Net voordat ik mijn ogen sluit, zie ik dat er op de gang, voor de open deur langs, een kikker voorbijspringt.

Kikkerbillen

'Pip! Kom hier!' gil ik met overslaande stem.
Pip verschijnt slaperig in zijn ogen wrijvend in de
badkamer.
Ik wijs naar het bad. Er zit nog maar één miezerig
klein kikkertje in. 'Ze zijn allemaal weggelopen,
sufferd! Ze zitten door het hele huis! Ik stapte er net
bijna op een!'
'Getver,' schreeuwt Beer vanuit haar kamer. 'Er zit een
kikker op het bed!'
'Kus hem, misschien is het een prins,' gil ik terug.
'Doe iets, Pip!'
Pip kijkt onnozel naar een kikker die op de bril van
de wc zit. De bloeduitstorting bij zijn oog begint van
paars naar groen te verkleuren.
'Hé zombie, komt er nog wat van?' Ik geef hem een
duw.
Hij begint te huilen. 'Sorry,' zucht ik. 'Dan wassen we
ons maar niet. Kom op, we gaan naar het ziekenhuis.'

We nemen de fiets. Als we halverwege zijn, realiseer
ik me opeens dat ik de achterdeur niet op slot gedaan
heb. Dat ben ik niet gewend, want papa is normaal
altijd thuis.
Ik besluit niet terug te gaan. Dan wordt de boel maar
leeggeroofd. Het kan me ook niks meer schelen.

Het stinkt altijd zo in ziekenhuizen. Ik durf de kamer
niet binnen te gaan. Ik duw Beer eerst.

Mijn vader ligt alleen. Hij heeft zijn ogen dicht. Zou hij nog bewusteloos zijn? In coma?

We staan alle drie om het bed heen. Hij ziet er verschrikkelijk uit, met al die slangetjes.

De gele briefjes zitten niet meer op zijn kussen.

Ik schraap mijn keel. 'Papa?'

Mijn vaders wimpers trillen. Dan gaan zijn ogen open. Hij probeert te glimlachen als hij ons ziet staan.

Ik buig me over hem heen. 'Heb je pijn, pap?'

'Nee,' fluistert hij. 'Een beetje. Mijn been...'

Pip haalt met veel lawaai zijn neus op. Beer slaat een arm om hem heen.

'Pap, het spijt me zo dat ik je gevraagd heb de vuilnisbakken buiten te zetten!' Ik pak zijn hand.

'Vuilnisbakken?' Zijn stem klinkt heel slapjes.

'Ja, de vuilnisbakken. Weet je dat niet meer?'

'Uh...'

'Je hebt een ongeluk gehad, pap. De vuilniswagen! Weet je het niet meer?'

Mijn vader kijkt me glazig aan.

'Weet je wel wie ik ben?' Mijn stem klinkt paniekerig, ik kan er niks aan doen.

Mijn vaders ogen vallen dicht. Er komt een verpleegster binnen.

'Jullie moeten je vader nog niet te veel vermoeien,' zegt ze. 'Kom maar mee.'

'Wat is er met hem?' vraag ik haar als we op de gang zijn. 'Hij weet niet meer wat er gebeurd is.'

'Je vader heeft misschien een beetje geheugenverlies. Dat komt wel vaker voor als je zo'n harde klap op je hoofd hebt gehad,' zegt de verpleegster. 'Maken jullie je maar geen zorgen. Waar is jullie moeder? De dokter wil even met haar praten.'

Ik krijg een kop als een biet.

'Uh... ze was ziek vanmorgen. Ze moest de hele tijd overgeven. Van de schrik, denk ik.'

'Ze komt vanmiddag,' zegt Beer.

De verpleegster kijkt op haar horloge. 'Om twee uur is het weer bezoekuur,' zegt ze. 'Jullie kunnen nu beter gaan. Jullie vader moet rusten.'

In de lift naar beneden zegt Beer somber: 'Jij vond dat alles anders moest. Nou, je hebt je zin gekregen. Papa is zijn werkkamer uit. Maar dit was niet de bedoeling.'

De tranen schieten me in mijn ogen. 'Ik kan er niks aan doen!'

'Dat bedoelt Beer ook helemaal niet,' zegt Pip. 'Rustig nou maar, Sam!'

Mijn schuld, het is mijn schuld, klinkt het in mijn hoofd. Ik bijt zo hard op mijn lippen dat ik bloed proef.

'Ik heb maar een beetje opgeruimd, dat is tenslotte mijn beroep. Jullie hoofd staat er nu vast niet naar,' zegt Isabel als we de keuken binnenkomen. 'Kijk, deze ben ik nog tegengekomen.' Ze haalt de deksel van een pan af en laat zien wat erin zit. Een stuk of zeven kleine kikkertjes en vier grote. 'Houden jullie van kikkerbilletjes?'

Beer en Pip grijnzen.

Het aanrecht is schoon en de vloer ook. De ramen staan open en er waait een warme wind naar binnen.

'Zijn jullie in het ziekenhuis geweest?'

'Ja,' zeg ik kortaf. 'Wat doe je hier eigenlijk?'

'Ik zei toch dat ik langs zou komen? De deur was niet op slot. Ik heb geroepen, maar niemand gaf antwoord. En omdat ik moest wachten, heb ik me intussen nuttig gemaakt.'

'Dat hoeft helemaal niet,' zeg ik. 'Ik zei toch dat we ons prima zelf konden redden?'

'Ik heb thee gezet,' zegt Isabel. 'En ik heb een appeltaart meegebracht. Zelfgebakken.'

'Mmm,' zegt Beer. 'Ik dacht al dat ik iets lekkers rook. Ik heb honger. We hebben nog niet eens ontbeten.'

Ik stoot haar aan. Wat een slappeling.

Pip gaat aan tafel zitten. 'Mijn vader heeft geheugenverlies,' zegt hij, terwijl Isabel de taart aansnijdt. 'Hij wist niks meer van het ongeluk.'

'Mmm... misschien maar goed ook,' zegt Isabel.

'Dan wordt hij tenminste niet kwaad op mij. Jij ook appeltaart, Sam?'

'Nee, ik ga naar boven.'

Die Isabel moet weg. Ik wil en ik mag en ik zal haar niet aardig gaan vinden.

Slecht nieuws

Op mijn kamer staat een boekenkast. Al mijn vaders boeken staan erin.

Hij heeft er meer dan twintig geschreven. Hij heeft ook een televisieserie over een drieling geschreven. Twee meisjes en een jongen, ook zonder moeder. Lekker origineel. Ze hadden andere namen, maar iedereen wist dat het over ons ging. Op school werd er altijd over gepraat. Ik werd er helemaal doodziek van. 'Is dat echt gebeurd? Hebben jullie dat echt gedaan? Ziet jullie huis er echt zo uit? Is jullie vader echt zo maf?'

Papa is er na drie jaar mee gestopt omdat wij het zo vervelend vonden. Toen werd er een bioscoopfilm van de serie gemaakt en werd het nog veel erger. Ik had het gevoel dat de hele wereld naar ons keek en ons kende. Afschuwelijk.

Daarna heeft hij nog een paar boeken geschreven, maar die waren wat minder succesvol dan zijn vorige. Toen hield het op. Hij kreeg geen letter meer op papier. Hij had alsmaar hoofdpijn, werd steeds somberder en kwam steeds minder van zijn kamer af.

Ik pak een boek uit de kast en bekijk de achterkant. Er staat een foto van hem op, veel jonger en lachend. Maar als je je hand over zijn mond legt, zie je dat zijn ogen niet meelachen.

Ik denk dat hij zo hard werkte om niet aan de dood van onze moeder te hoeven denken.

Met een diepe zucht zet ik het boek terug.

Annabel heeft al een paar dagen geen nieuwe kleren aangehad. Ik aai over haar blonde haar.

Iemand heeft de tassen, die ik gisteren op straat had gegooid, op mijn kamer gezet.

Ik pak de kleren uit. Drie paar schoenen, twee broeken, een pet en twee T-shirts, maat XXXXXL. De broeken en de T-shirts zijn voor Beer. Ik hoop dat ze passen.

Ik zet de schoenen op een rij voor de spiegel en de pet op Annabels hoofd. Ik ben er helemaal niet blij mee.

Beneden hoor ik Pip en Beer lachen. Hoe kunnen ze? Papa in het ziekenhuis en een indringster in de keuken.

Ik laat me achterover op mijn bed vallen en krijg een niesbui van het stof.

Even later hoor ik stemmen. Ik sluip naar zolder en gluur om de hoek van Pips deur. Isabel staat voor het bos op de muur. Pip staat verlegen naast haar.

'Jeetje, dit is práchtig,' zegt ze. 'Niet te geloven. Zoiets heb ik nog nooit gezien. Wie heeft dit geschilderd?'

'Ik,' zegt Pip.

Ze kijkt hem met grote ogen aan. 'Echt waar?'

Pip knikt en draait zijn vinger in zijn krullen. Ze loopt er langzaam langs, bukt hier en daar en gaat op andere plekken op haar tenen staan om stukken beter te kunnen bekijken. Ze neemt er alle tijd voor.

'Het lijkt wel of ik er echt doorheen loop. Zijn jullie dit?' Ze wijst naar de drie dansende kinderen in het maanlicht. Pip knikt. Ze loopt naar het donkere gedeelte en blijft met een peinzend gezicht voor het kruis staan. Ik hou mijn adem in. Ze zegt er niks over. Ik kan haar gezicht niet zien. 'Het is echt fantastisch,

Pip, je bent een kunstenaar!' Haar stem klinkt zachter
dan daarnet. Ontroerd.
Pip heeft een kop als een boei.
Dan wijst Isabel naar de vliegdingen die aan de balken
hangen. 'Ook van jou?'
Pip knikt weer. Zijn ogen stralen.
Ik sluip weg en trap bijna op een kikker. Wat een
slijmerd. Isabel dus. En die kikker ook.

Ik kom pas van mijn kamer af als ze weg is. De keuken
is onherkenbaar. Hij glimt.
Beer en Pip glimmen ook. Pip zit aan tafel te tekenen.
Dat is ongewoon, want hij zit meestal op zijn eigen
kamer.
'Er is nog één stukje taart over,' zegt Beer. 'Als jij het
niet wilt, eet ik het op.'
Op het glanzend schone aanrecht staat een grote
punt appeltaart, op een bord. Er zit een geel briefje op
geplakt.

Ik ben zwaar beledigd. De gele briefjes zijn van ons.
Van onze familie. Isabel is een buitenstaander en dat
moet zo blijven ook. Ik verkreukel het briefje en gooi
het op de grond.

'Eet jij het maar op. Ik hoef het niet,' zeg ik nors. 'Jullie moeten niet zo aanpappen met haar.'

'Waarom niet?' vraagt Beer met volle mond. 'Ze is aardig. Ze is anders dan anderen. Echt. Ze is... gewoon... normaal. Ze heeft mijn Engels overhoord.'

'Ze vond mijn bos mooi,' zegt Pip. 'En mijn vliegdingen ook. We hebben nog twaalf kikkers gevangen en ze teruggegooid in het zwembad. Isabel zegt dat ze het daar juist hartstikke fijn vinden, anders waren er niet zoveel.'

'Nou, fijn,' zeg ik en ik smeer een boterham met pindakaas. 'Zet een bordje langs de straat: "Kikkerbillen te koop". Of: "Kikkerkwekerij Van Zwanenburg". Of kook er voor mijn part soep van.'

'Lekker humeur heb jij,' zegt Beer. 'Het is half twee, zullen we naar papa gaan?'

Als we de gang van de derde verdieping oplopen, komt er een verpleegster naar ons toe.

Ze drukt een kop koffie in mijn hand. 'Dit is voor jullie moeder,' zegt ze. 'Willen jullie dat aan haar geven?'

Onze moeder?

Isabel zit naast mijn vaders bed. Hij glimlacht wazig als we binnenkomen.

Pip ploft naast hem neer. Mijn vaders gezicht vertrekt van de pijn.

'Voorzichtig, Pip!' sis ik.

Zou hij zijn geheugen alweer terug hebben? Ik zet de koffie op het nachtkastje, negeer Isabel en pak papa's hand. 'Hé pappie, hoe is het nou?'

Beer komt naast me staan. 'Weet je wie wij zijn?'

'De drie musketiers?' zegt mijn vader. 'Kwik, Kwek en Kwak?' Hij grijnst zwakjes. 'Nee hoor, ik hou jullie voor de gek. Natuurlijk weet ik wie jullie zijn.' Hij pakt Pips hand. 'Jasper, Juul en Karlijntje, schatten van me. Wat fijn dat jullie er zijn.'

Wij staren onze vader aan. Houdt hij ons voor de gek? Jasper, Juul en Karlijn zijn de namen van de drieling in de televisieserie.

'Joke, kom er eens bij zitten, lieverd.'

Beer verslikt zich in haar kauwgum en krijgt een hoestbui. Pip begint te giechelen.

Joke was de naam van de buurvrouw waarmee de vader in de serie een relatie kreeg.

'Papa!' roep ik uit. 'Hou daarmee op!'

Mijn vader kijkt me verbaasd aan. 'Waarmee, schat?'

Mijn vader noemt nooit iemand schat of lieverd. Beer begint paars aan te lopen en Pip ook.

Isabel snapt er zo te zien niks van.

De dokter loopt de kamer binnen. 'Zo zo, wat een vrolijke boel is het hier!'

'Zeg dat wel,' zeg ik. 'Pap, kom op, doe nou normaal.'

Mijn vader sluit zijn ogen en glimlacht. 'Maar Karlijntje, ik doe toch normaal. Ik heb alleen een gebroken been.'

'En een gigantische hersenpudding,' zeg ik.

De dokter wendt zich naar Isabel. 'Mevrouw van Zwanenburg, kan ik u even onder vier ogen spreken?'

'Ik was er bijna in gestikt,' zegt Beer als we weer op de gang staan. Ze heeft rode ogen van het hoesten.

'Moet je maar geen kauwgum eten. Het staat ook hartstikke ordinair,' zeg ik bits.

'Het zou niet erg geweest zijn, hoor,' zegt Pip. 'Je bent toch in het ziekenhuis. Dan slaan ze gewoon een gat hier,' hij wijst naar het kuiltje onder aan zijn keel, 'en dan stoppen ze er een lege balpen in.'

'Hou op, man,' zegt Beer. 'Hé Sam, hield hij ons nou voor de gek of niet?'

Ik haal mijn schouders op. 'Ik hoop het, want anders is er iets goed mis.'

Isabel komt de kamer uit. Ze ziet er geschrokken uit. Ik heb het gevoel dat ze iets ergs gaat zeggen. Mijn benen beginnen te trillen.

Isabel kijkt ons ernstig aan en zegt dan zonder omwegen: 'Ze hebben vanmorgen nog een hersenscan gemaakt, en die was niet helemaal in orde.'

'Wat?' roep ik. 'Hoezo niet helemaal in orde?'

'Ze hebben ontdekt dat er een tumor in zijn hersenen zit. Dat verklaart ook hoe hij onder de vuilniswagen is gekomen. Hij is waarschijnlijk bewusteloos geraakt en gevallen. '

Pip barst in huilen uit. 'Een tumor, daar ga je dood aan,' snikt hij.

Isabel legt haar arm om hem heen. 'Dat hoeft helemaal niet, Pip. Ze weten nog niet of hij goedaardig of kwaadaardig is.'

'Daarom had hij de laatste jaren zo'n last van hoofdpijn,' mompelt Beer. Ze pakt mijn hand. 'En nu?'

'Hij wordt morgenochtend geopereerd,' zegt Isabel zacht. 'Het is een gevaarlijke operatie. De tumor zit op een plek waar ze moeilijk bij kunnen.'

Sprookjes, maar dan anders

Pips bed staat bij een afschuwelijk eng stuk bos. Het is
het laatste stuk van de muur, helemaal in de hoek. Ik
krijg er kippenvel van.
Ik lig naast hem. Pip is stijf als een plank en zijn
voeten zijn ijskoud, als van een dode.
'Hé Pip, zou je je bed niet beter naar een vrolijker stuk
verschuiven? Ik krijg hier nachtmerries van.'
'Dit ís een nachtmerrie. Als papa doodgaat, wil ik ook
dood. Dan hebben we niemand meer.'
'We hebben altijd elkaar nog. En hij gaat heus niet
dood,' fluister ik. 'Echt niet. Ik weet het gewoon.'
Maar ik weet het helemaal niet zo zeker. Ik ben net
zo bang als Pip. Ik knijp in zijn hand. Die is koud en
klam, net als de mijne. Ik wil er niet aan denken wat ze
met papa gaan doen.
'Er zat alweer een gedicht in de brievenbus,' zeg ik om
Pip en mezelf af te leiden.
Hij geeft geen antwoord. Hij ligt met zijn gezicht naar
de muur en staart naar een skelethand die boven de
dorre bladeren uitsteekt.
'Zal ik het voorlezen?'
Pip haalt zijn schouders op. Ik sta op. De brief zit in de
zak van mijn kamerjas. Ik ga ermee op de vensterbank
zitten.

Weet je

Weet je, ooit
(je weet maar nooit)
waren de dingen vanzelf
sprekend
voor zich
Jij en ik
en je hand om mijn hoofd
als je sliep
en ik wakker lag
luisterend naar gefluister
uit de toekomst
met grote bange ogen
en open mond

Hou me vast
laat niet gaan
Weet je
je weet maar nooit

Ik zucht en kijk naar buiten. 'Hé Pip, kom eens kijken, snel!'
Pip krabbelt uit bed en komt naast me staan. Er zwemmen twee zwanen in het erwtensoepzwembad. Een zwarte en een witte. Heel stil, met hun koppen naar elkaar toe. De volle maan weerspiegelt in het donkergroene water. De zwanen weerspiegelen ook, zodat het er vier lijken.
Ik sla mijn arm om Pip heen. 'Dit is een teken,' fluister ik. 'Zwart en wit. Goed en kwaad...'
'Het Zwanenmeer,' zegt hij zachtjes. 'Maar dan anders.'
We kijken een hele tijd, zwijgend.
'Maar dan anders' was een spelletje dat we vroeger vaak deden, als we niet konden slapen. We vertelden dan

samen een sprookje, ieder om de beurt een paar regels. Roodkapje liep bijvoorbeeld in het bos zeven dwergen tegen het lijf. Ze trokken belletje bij vrouw Holle, jaagden de wolf de stuipen op het lijf en plunderden uiteindelijk bij grootmoeder de koekjestrommel. Toen kwamen Hans en Grietje. Hans kreeg ruzie met de dwergen. Grietje en Roodkapje knepen ertussenuit en gingen op weg naar de stad om glazen muiltjes te kopen. Onderweg kwamen ze een prins tegen, maar die viel van zijn paard. Dat kwam goed uit, want Roodkapje en Grietje hadden geen zin meer om te lopen en gingen er op het paard vandoor. De prins werd gevonden door de heks, die een nieuw toverdrankje op hem uitprobeerde waardoor hij veranderde in een kikker en zo ging het maar door.

Sprookjes, maar dan anders. We lagen dan alle drie helemaal in een deuk.

De deur gaat piepend open en Beer glipt naar binnen. Ze ziet er doodsbang uit. Beer draait de deur op slot, springt in Pips bed en trekt het dekbed tot aan haar neus op.

'Er zijn inbrekers in huis!' sist ze.

'Inbrekers?' piept Pip met hoge stem. Hij rent terug naar het bed en wringt zich naast Beer.

'Je houdt ons voor de gek,' zeg ik. 'Je wilt ons gewoon bang maken.'

'Echt niet,' zegt Beer. 'Ik hoorde iemand praten, met een lage stem. Het leek net alsof hij een boer liet.'

'Een inbreker die een boer laat. Ja, ja. Heb je soms tonic gedronken? Ik geloof er niks van.'

'Nou, ga jij dan maar fijn kijken. Ik blijf hier.'

Ik aarzel. Ik vind het eigenlijk ook wel een beetje eng.

'We moeten de politie bellen,' zegt Pip.

'Nee joh, geen politie, dan worden we zeker afgevoerd naar een kindertehuis,' fluister ik.

Ik durf niet meer hardop te praten.

'Waar is je mobiel, Pip?' vraagt Beer.

Pip denkt na. 'In mijn rugzak, beneden.'

'Chips,' zeg ik. 'Schuif op, ik wil er ook bij.'

'Het bed is al vol,' moppert Beer.

'En waar moet ik dan slapen?'

'Het gaat best,' zegt Pip. 'Ik ga wel omgekeerd liggen, met mijn hoofd aan het voeteneinde.' Hij trekt zijn dekbed los en gaat aan de andere kant liggen.

'Dank je wel, Pip,' fluister ik in zijn oor.

Dan kruip ik naast Beer, aan de kant van de muur. Zo heeft zij iets meer ruimte. Het bed ligt mudvol.

'Pip, volgens mij heb jij je voeten in geen drie jaar meer gewassen,' zegt Beer.

Ik kietel hem onder zijn tenen.

'Niet doen!' gilt Pip en hij trekt zijn benen op.

'Ssssjt,' zeg ik. 'Stil, anders horen ze ons!'

We verstijven. Ik spits mijn oren, maar ik hoor niks.

'Wat als ze nou hiernaartoe komen?' piept Pip.

Zijn tenen wriemelen zenuwachtig naast mijn gezicht.

'Ik ben bang, Sam.'

Ik ben ook bang, al probeer ik het niet te laten merken.

'We kunnen proberen te vluchten,' fluistert Beer. 'Ga eens uit het raam kijken of dat kan, Sam.'

'Doe het zelf,' zeg ik.

Beer kijkt me smekend aan.

Ik zucht, kruip uit bed en sluip naar het raam. De zwanen slapen, met hun kop in hun veren, vredig dobberend op het donkergroene water. Heb ik niet eens gehoord dat zwanen heel goede waakdieren zijn? Of waren dat ganzen? Als de zwanen slapen, dan is er toch niemand beneden? Ik voel mijn moed door deze gedachte een beetje terugkomen. Het is onmogelijk om vanuit dit raam naar beneden te klimmen.

Ik loop zachtjes naar de deur en leg mijn oor ertegenaan. Doodse stilte. Dan schrik ik. 'Kwaaaak!' klinkt het hard vanaf de gang.

Ik proest het uit. 'Beer, ik denk dat ik weet wat je gehoord hebt!' Ik draai de sleutel om en doe de deur op een kiertje open. Een grote kikker kijkt me met bolle ogen aan. 'Kwaaaak!' doet hij nog een keer.

Ik doe gauw de deur dicht, voordat hij naar binnenspringt. Beer en Pip zitten rechtop in bed, met het dekbed opgetrokken tot aan hun kin.

'Zullen we nu naar ons eigen bed gaan, bange Beertje?'

'Nee, ik blijf hier.'

Ik zucht. 'Dan blijf ik ook hier. Allemaal eruit!'

'Waarom?' vraagt Beer verontwaardigd.

'Ik heb geen zin om oog in oog met een skelet te slapen.'

Mopperend kruipen Beer en Pip eruit. Ik schuif het bed naar het stuk waar de drie kinderen dansen in het maanlicht. We worstelen ons er weer in.

'Als sardientjes in een blikje,' moppert Beer.

'Als een drieling in de buik van hun moeder,' fluister ik. Ik kan me nauwelijks bewegen. Als ik het wel doe, bewegen de andere twee mee. Ik voel hun warme armen, benen en buiken. Het voelt veilig en vertrouwd.

'Hoe zou het met papa zijn?' vraagt Pip. 'Zou het goed of kwaad zijn wat er in zijn hoofd zit?'

Dat is waar we alle drie de hele tijd aan denken, maar waar we niet over durven praten. Het is te eng.

'Het gaat vast goed,' zeg ik. 'Zullen we elkaar een verhaal vertellen?'

'Goed idee,' zegt Beer. 'Dat leidt ons af. Een sprookje, maar dan anders, goed?'

'Ok,' fluister ik. 'Als Pip zijn grote teen uit mijn neus haalt. De volgorde is SamBeerPip.'

Ik draai mijn gezicht naar het bos. 'Dit is het verhaal van de Kikkerkoning. Er waren eens drie koningskinderen die met een gouden bal aan het spelen waren...'

Beer gaat verder: 'De bal vloog over de muur van de paleistuin en rolde de straat op. De kinderen klommen op de muur, verder durfden ze niet, want dat had de koning hun streng verboden.'

'Er kwam toevallig net een grote gele vuilniswagen voorbij,' zegt Pip. 'Hij remde vlak voor de gouden bal. Er stapte een vuilnisvrouw uit. "Wat krijg ik als ik jullie je bal teruggeef?" vroeg ze.'

'Het kleinste koningskind zei: "Je krijgt niks, vuilnisvrouw. Ik haal hem zelf wel,"' zeg ik.

Beer knijpt me in mijn arm en gaat snel verder: 'En het tweede koningskind zei: "Nee zus, dat mag je niet, anders hakt onze vader je hoofd eraf. Vuilnisvrouw, als je hem haalt, krijg je goud en juwelen enne... voor de rest van je leven gratis snoep."'

'Duh!' Ik rol met mijn ogen.

'De vuilnisvrouw keek de drie koningskinderen aan en zei: "Nee, ik wil jullie snoep en jullie goud en juwelen niet, ik wil jullie vriendschap,"' fluistert Pip.

Ik kreun en ga verder: '"Ik geloof er niks van," zei het kleinste koningskind. "Waarom zou je onze vriendschap liever willen dan gratis snoep?"'

'Kwaaak,' klinkt het op de gang.

'Hij wil naar binnen,' gniffelt Beer. 'Hij wil bij ons in bed.'

'Gezellig,' zeg ik. 'Hoe meer zielen, hoe meer vreugde.'

Pip snuft. Ik knijp in zijn grote teen. 'Hé, wat is er nou?'

Pip houdt zijn tenen stijf, alsof het zijn mond is die niks wil zeggen. Grappig, nooit geweten dat er ook tenentaal bestaat.

'Nou, zeg het, anders bijt ik in je voet.'

'Zijn wij niet de moeite waard om vrienden mee te zijn?' vraagt Pip met een klein stemmetje.

De maan schuift achter een wolk, zodat het net lijkt alsof iemand het licht uitdoet.

'Natuurlijk wel,' zegt Beer. 'Laten we nu maar gaan slapen.'

Goed, kwaak!

De volgende ochtend staat Isabel al om negen uur voor
de deur. Ze heeft een grote zak croissantjes bij zich en
sinaasappels.
Pip zit met een bleek gezicht aan tafel, diep gebogen
over een tekening. Isabel perst de sinaasappels uit, zet
thee en dekt de tafel.
Ik zit er als een zombie bij. Voor eventjes ben ik blij
dat ze er is, dat er iemand is die voor ons zorgt. Straks
kunnen we het weer zelf. Ik heb slecht geslapen. Ik
droomde dat een skelet in een witte doktersjas papa's
hoofd openzaagde met een broodmes.

Om de operatietafel heen dansten kikkers, met kroontjes op hun hoofd, en ze kwaakten in koor: 'Goed, kwaad, goed, kwaad!' of: 'Goed, kwaak!', dat kon ik niet verstaan. Toen stak de skeletdokter zijn vingers in mijn vaders hoofd, haalde er een gedicht uit en gaf het aan mij. Ik probeerde het te lezen, maar kon het niet. Toen raakte ik in paniek, want ik wist dat het heel belangrijk was wat erin stond. De kikkers begonnen steeds harder en dreigender te kwaken. 'Goed, kwaak, goed, kwaak.' Ik stopte mijn vingers in mijn oren om het niet meer te horen. En toen werd ik wakker, met Pips teen in mijn oor.

Isabel gaat naar buiten en komt even later terug met een bosje bloemen uit de tuin. Ze zet ze in een limonadeglas op tafel.
'Er zitten zwanen in het zwembad,' zegt ze. 'Een witte en een zwarte. Waren die er altijd al?'
Ik schud van nee. 'Ze zijn vannacht gekomen.'
Pip kijkt op. 'Het zwembad is veranderd in een Zwanenmeer. Maar dan anders.'
'Dat is een goed teken,' zegt Isabel. 'Dat zul je zien.'
Ik kijk haar verrast aan.

Als Beer een half uur later naar beneden komt, liggen alle croissantjes er nog. Niemand heeft trek.
Beer wel. Hoe rotter ze zich voelt, hoe meer honger ze heeft.
Binnen vijf minuten zijn ze allemaal verdwenen.
We zitten met zijn vieren om de keukentafel en kijken elkaar niet aan. De keukenklok tikt oorverdovend.

Het is pas half tien. Wachten duurt lang als ze in je vaders hoofd aan het wroeten zijn.

'Hoe laat zijn ze begonnen?' vraagt Beer.

'Om negen uur,' antwoordt Isabel. 'Ze bellen als de operatie achter de rug is.' Ze staat op. 'Zullen we iets gaan doen? Laten we het huis verder opruimen, dat is fijn voor je vader als hij thuiskomt.'

Áls hij thuiskomt, denk ik. Maar ik zeg het niet hardop.

'Daar heb ik nu geen zin in,' zegt Beer.

'Ik ook niet,' zegt Pip.

'Dat is niet erg,' zegt Isabel. 'Ik snap het wel. Maar ik kan niet stilzitten, dus ik ga toch maar even aan de slag, als jullie het niet erg vinden.'

Beer en Pip schudden hun hoofd.

Terwijl ze een emmer vol laat lopen, vraagt Isabel:

'Wie zijn eigenlijk Jasper, Juul, Karlijn en Joke? Kennen jullie die?'

'Ken jij die dan niet?' vraag ik verbaasd.

'Nee.'

Wat een wonder, hier is iemand die de tv-serie en de film niet gezien heeft.

'Weet je niet wie mijn vader is?'

'Jawel, hij heet Walter van Zwanenburg.' Isabel bukt zich en opent een kastje. Er rolt van alles over de grond.

'Onze vader is schrijver. Hij heeft ook voor tv geschreven. Het zijn namen uit een serie.'

Isabel zet de kraan uit. 'Goh, dat wist ik niet. Ik heb nog nooit van hem gehoord. Ik heb de afgelopen twaalf jaar in Amerika gewoond.'

Dat had ik niet verwacht. Ze weet niet wie wij zijn.

We helpen toch alle drie mee. We zuigen en dweilen de woonkamer, zemen de ramen en ruimen de troep op. Na twee uur is het huis onherkenbaar.

Ik ben op mijn kamer en probeer mijn rondslingerende kleren in een kast te proppen. Pip en Beer zijn op hun eigen kamer bezig. Isabel klopt op mijn openstaande deur. 'Mag ik binnenkomen?'
Ik haal mijn schouders op.
Isabel gaat op het bed zitten en kijkt rond. 'Gezellige kamer heb je.'
Ik prop een hoop T-shirts naar binnen en doe dan snel de kastdeur dicht, maar hij gaat weer open.
'Misschien gaat het beter als je ze opvouwt.'
'Te veel werk,' brom ik.
'Zal ik helpen?'
Ik haal weer mijn schouders op.
'Gooi de boel maar op het bed,' zegt Isabel.
Ik aarzel en kijk in de kast. Wat een puinzooi. Dan duw ik met mijn volle gewicht alles nog dieper erin.
'Het gaat best zo,' zeg ik.
Isabel staat op en gaat voor Annabel staan. Ze zegt niks.
Ik raap gauw een paar vieze onderbroeken op en stop ze in een propvolle la. Ik sta met mijn rug naar Isabel toe, maar bekijk haar in de spiegel. Ze heeft niet door dat ik haar begluur. Ze strijkt met haar vingers over Annabels arm. Opeens zie ik een heel ander gezicht. Het gezicht van een verdrietig klein meisje.
'Ik heb ook geen moeder meer,' zegt ze. 'Ze is gestorven toen ik vijf was. Aan leukemie.'

Ik schrik. Hoe komt ze daar nu opeens bij? Ze kan toch niet weten dat ik vroeger net deed alsof Annabel mijn moeder was?

Ik draai me om en gooi een stapel verfrommelde kleren op het bed. Isabel krijgt weer haar normale gezicht. We beginnen de kleren zwijgend op te vouwen.

'Weet je nog hoe ze eruitzag?' vraag ik na een tijdje.

'Ja… nee. Ik heb natuurlijk foto's van haar gezien. Ik heb eigenlijk maar één herinnering.'

Isabel zwijgt weer. Ze loopt naar het raam en kijkt neer op het Zwanenmeer.

'Ik herinner me dat we samen zwommen, ik zat op haar rug, als een klein kikkertje, met mijn armen stevig om haar hals geklemd. De zon scheen op mijn rug en mijn moeder zwom met stevige sterke slagen… Ik voelde me heel veilig en gelukkig.'

Ik durf iets terug te zeggen omdat Isabel met haar rug naar me toe staat. 'Ik herinner me niks. Mijn moeder ging vlak na onze geboorte dood.'

Isabel zwijgt.

'Het was onze schuld. Drie was te veel. Ik was de derde. Als ik er niet was geweest, leefde ze misschien nog.'

Ik bijt hard op mijn lippen. Waarom zeg ik dit nou? Tegen een wildvreemde?

Isabel draait zich om. Haar ogen glanzen. 'Het is heus niet jouw schuld, Sam,' zegt ze zacht.

Ik sta op. 'Dat weet ik ook wel,' zeg ik. Ik loop naar papa's kamer, ga op zijn stoel zitten en leg mijn handen op het toetsenbord. Er zit een briefje op zijn scherm geplakt.

Als ik me omdraai, zie ik dat Isabel me gevolgd is. Ze staat voor de gedichten aan de muur en leest ze.

'Die hebben we met de post gekregen,' zeg ik. 'Er stond geen afzender op. We weten niet waar ze vandaan komen. Ik vind ze mooi, het lijkt net alsof ze over mij en over ons gaan.'

Isabel krijgt een kleur.

'Vreemd, hè?' vraag ik.

'Ik denk dat verdriet voor alle mensen hetzelfde voelt,' zegt Isabel. 'Wat de oorzaak ook is.'

Ze haalt haar neus op, loopt naar het raam en zet het wijd open.

De as uit de koude open haard waait door de kamer heen.

Een leeg bed

Het is twee uur in de middag. Er is nog steeds niet
gebeld. Het kan nooit goed zijn dat het zo lang duurt.
Beer heeft van de zenuwen alles wat eetbaar was
in huis opgegeten, ze heeft zelfs de pot pindakaas
leeggelepeld. Pip zit nog steeds op zijn kamer. Er
sijpelt muziek naar beneden door. Het Zwanenmeer.
We zitten aan de keukentafel en kijken naar de
telefoon. De klok tikt. Ik sta stijf van de zenuwen en
heb maagpijn.
Mijn schuld, mijn schuld, als hij doodgaat is het mijn
schuld, dreunt het door mijn hoofd.
Dan gaat de telefoon. Mijn adem stokt in mijn keel.
Isabel neemt de telefoon op.
'Hallo, met Isabel... van Zwanenburg.' Ze bloost.
Ik kan niet horen wat er gezegd wordt. Dan legt ze
neer. 'Ze zijn klaar,' zegt ze. 'Kom, roep Pip, we gaan.'

We scheuren op de fiets naar het ziekenhuis. We rijden
door rood licht en er wordt getoeterd. Hijgend rennen
we de trappen op. We hebben geen geduld om op de
lift te wachten. We lopen papa's gang op. Mijn hart
staat stil als ik zijn kamer inkijk. Zijn bed is leeg.

'Hij is dood!' Ik draai me om naar Isabel, Beer en Pip,
die ook verstijfd van schrik naar het lege bed staren. Ik
trek aan Isabels arm. 'Hij is dood, hij is dood en het is
mijn schuld!'
Ik laat me op de grond vallen. Ik heb het gevoel dat ik

moet overgeven, dat ik stik, dat mijn hart breekt. Beer en Pip barsten ook in huilen uit.

Isabel knielt naast me neer. Ik klem me aan haar vast. 'Het is mijn schuld, ik heb het gedaan, en nu is hij dood! Het is mijn schuld! Ik heb papa ook vermoord!'

'Maar schatje, jij hébt het helemaal niet gedaan, je was er niet eens bij. Ik ben tegen hem aan gereden. Het was een ongeluk!'

'Nee, nee,' gil ik, 'het is mijn schuld, ik had hem gevraagd om de vuilnisbakken buiten te zetten. Ik wilde dat alles anders werd. Het is wel mijn schuld!'

Ik zie opeens twee benen in een witte broek voor me staan.

'Wat is hier aan de hand?'

Het is de dokter. Hij helpt ons overeind. Ik durf hem niet aan te kijken en verberg mijn gezicht in mijn handen. Nu gaat hij het zeggen.

Pip trekt de dokter aan zijn mouw. 'Is hij dood? Is mijn vader dood?' schreeuwt hij. Zijn stem slaat over. Voor het eerst hoor ik dat Pip een mannenstem begint te krijgen.

'Nee,' zegt de dokter verbaasd. 'Hoe komen jullie daarbij? Meneer van Zwanenburg maakt het naar omstandigheden goed. De operatie is geslaagd. Het was een goedaardige tumor. Ik denk dat hij nog een heleboel mooie boeken gaat schrijven, hoor.'

Ik haal mijn handen voor mijn ogen weg. 'Ma-Maar waar is hij dan?' stotter ik.

'In de uitslaapkamer,' antwoordt de dokter.

Isabel ontmaskerd

Het is donker en ik lig in bed. Het kikkerkoor kwaakt
uit volle borst. Ik heb papa's leven gered. Zonder dat
ik het wist. De tumor in zijn hoofd was goedaardig.
Ze hebben hem weggehaald. Hij zat er al heel lang
en als papa dat ongeluk niet had gehad, was hij er
waarschijnlijk aan doodgegaan. De tumor was zo groot
als een mandarijn, zei de dokter. Daarom was papa de
laatste jaren zo veranderd. Het gezwel knelde allerlei
dingen af. Daarom had hij altijd zo'n hoofdpijn en was
hij zo vergeetachtig. De dokter zei dat het een geluk
bij een ongeluk was, omdat ze het anders niet ontdekt
hadden, en dat hij weer helemaal de oude wordt.
Isabel logeert al een paar dagen bij ons, in een van de
ongebruikte kamers, tot mijn vader terugkomt.
Het is 22.55 op mijn wekkerradio en ik lig te draaien.
Misschien is Beer beneden. Ik sluip de trap af.
Aan de keukentafel zit Isabel, in een oude rafelige
nachtjapon. Ze zit te schrijven bij het licht van twee
kaarsen. Voor haar op tafel staan een kop thee en een
boterham met kaas. Haar blonde haar valt langs haar
gezicht, waardoor ze er heel jong uitziet.
Ze is in gedachten verzonken en kauwt op haar
potlood. Ik kuch. Ze kijkt op en draait snel het papier
om.
'Hoi Sam, kun je niet slapen?'
'Nee, het is nog te vroeg,' zeg ik. 'Normaal liggen we er
pas tegen twaalven in. Ik dacht dat Beer beneden was.'
Ik realiseer me opeens dat Beer, voor zover ik weet, de

afgelopen nachten gewoon doorgeslapen heeft.
'Wil je ook pepermuntthee? Daar slaap je lekker van.'
'Graag.'
'Wat fijn dat het zo goed gaat met je vader, hè?'
'Ja,' zeg ik. 'Hij zat vandaag zelfs weer te schrijven in
zijn bed. Hij is begonnen aan een nieuw boek.'
Ze hebben papa helemaal kaalgeschoren en een gat in
zijn hoofd gezaagd. Ik zat er dus niet zover naast met
mijn droom. Nadat ze de tumor eruit gehaald hadden,
hebben ze het luik weer dichtgemaakt. Papa voelt zich
nu een heel stuk beter. Als herboren, zegt hij zelf. Hij
maakt grapjes met iedereen en vooral met Isabel, als
ze er is. Hij vindt haar aardig, dat is duidelijk te zien.
En zij hem ook. Het lijkt alsof hij wakker is geworden,
nadat hij jaren geslapen heeft. Zoals Doornroosje.
Maar dan anders.

Ik ben nieuwsgierig naar wat Isabel schrijft en gluur
naar het papier. 'Is dat een brief naar je vriendje?'
Tot mijn verbazing bloost ze. 'Nee, uh, naar... mijn
broer.'
Ik ga zitten en pak een appel van de fruitschaal. 'Hoe
heet hij?'
'David.' Isabel neemt een hap van haar boterham.
'Heb je nog meer broers en zussen?'
'Nee,' zegt Isabel.
'Heb je geen vriendje?'
Isabel, die net een stuk brood in haar mond gestopt
heeft, houdt op met kauwen. Ze slikt. Opeens zie
ik haar andere gezicht weer. Het gezicht van het
verdrietige meisje. Even maar, dan is het weg.

'Nee. Niet meer.'

'Is het uit?'

Isabel wrijft in haar ogen. 'Hij is verongelukt.'

Ik krijg een rilling. 'Jeetje, ook al dood... Wat erg...'

Ik durf niet meer verder te vragen. Ik kan haar ogen
niet zien, haar krullen hangen ervoor. Ik wil mijn arm
om haar heen leggen, maar dat durf ik ook niet. Ik pak
de theepot. 'Wil je nog thee?'

Isabel recht haar rug. 'Nee, dank je. Ik ga naar bed.
Blaas jij de kaarsen uit?'

'Ja... slaap lekker.'

Ik staar in het flakkerende kaarslicht. Isabel lijkt op
mij. Ze heeft ook twee gezichten. Een stoer en sterk
gezicht voor de buitenwereld, en een verdrietig kleine-
meisjesgezicht dat ze verstopt.

Ik slurp van de hete thee. Jeetje, wat afschuwelijk.
Verongelukt.

Dan valt mijn blik op het papier dat ze heeft laten
liggen. Ik aarzel, maar mijn nieuwsgierigheid wint.
Het zijn de eerste regels van een gedicht:

> *Verandering*
> *sluipt op kousenvoeten*
> *tussen de regels door…*

Dan zie ik dat Isabels rugzak onder de tafel ligt. Hij
ligt halfopen. Dat is raar... ik buk me en trek hem een
stukje verder open. Er glijden rode enveloppen uit.
In een flits dringt het tot me door. Die geheimzinnige
gedichten zijn van haar!

Als ik weer in bed lig, kan ik niet in slaap komen. Ik woel en draai en mijn gedachten jagen elkaar als dolle beesten achterna. Ik probeer de puzzel in elkaar te leggen. De gedichten zijn van Isabel... Waarom deed ze die in ónze brievenbus? Papa is schrijver. Hij heeft contacten, hij is beroemd, hij is rijk...

Ik schiet overeind in bed. Zou ze hem expres aangereden hebben?

Nee, dat kan niet, waarom zou ze. Aan een dode beroemde schrijver heeft ze niks. Ik ga weer liggen. Maar ze wil iets van hem, dat is duidelijk. Misschien wil ze beroemd worden en hoopt ze dat mijn vader haar daarmee kan helpen. Ze wist dus wel wie hij is. Dus toch... dus weer. Ze heeft gelogen, ze heeft ons misleid. Ze heeft ons bedrogen. Ik ga weer overeind zitten en gooi mijn dekbed van me af. Ik ben geschokt en woedend en ontzettend teleurgesteld tegelijk. Maar het is niet te laat. Ik hou nog niet van haar. Als je van iemand houdt, dan doen dit soort dingen nog veel meer pijn.

Isabel moet weg uit ons leven, en wel zo snel mogelijk.

De volgende ochtend staat er op de wastafel een flesje parfum, met een geel briefje.

Ik smijt het flesje in de prullenmand. Wat een geslijm.
Het is al half acht geweest. Ik ren naar boven om Pip
uit zijn bed te sleuren.
Hij is nog in diepe slaap. Zijn bed staat voor het
vrolijke deel. Hij is weer aan het schilderen geweest.
Ik sluip naar het stuk waar de verfpotten voor staan en
bestudeer het bos. Dan zie ik wat er veranderd is: op
een weg die van het donkere naar het lichte gedeelte
leidt, rijdt een felgele vuilniswagen.
'Boe,' zegt Pip opeens vlak achter me. Ik schrik. Moet
ik hem vertellen wat ik ontdekt heb?
Ik besluit er nog even mee te wachten.
'Je moet je aankleden, Pip, het is half acht.'

Als ik in de keuken kom, zit Beer aan de keukentafel te
leren. Het vel papier met het gedicht is weg.
'Kijk eens wat er op mijn wastafel stond?' Ze houdt een
witte tube omhoog. Er zit een briefje op geplakt.

'Aardig hè, van Isabel. Ik ben zo blij dat ze er is, Sam.
Het is nu zoveel gezelliger in huis. En weet je dat ik
deze week al twee kilo ben afgevallen? Gewoon omdat
we gezonder eten. Kijk eens hoe los mijn broek zit!'

Ik klem mijn kiezen op elkaar.

'O ja, ze belden net, je hebt de eerste twee uur vrij.'

'Jippie,' zeg ik met een grafstem en ik smeer een boterham. 'Is Isabel er nog?'

'Ja, ze is boven. Ik ben weg, ik heb een proefwerk Engels het eerste uur. Tot vanmiddag!'

Als Pip ook naar school is, ren ik naar boven, naar papa's werkkamer en ruk de gedichten van de muur. Ik scheur ze in stukken en gooi ze in de open haard.

'Hé, wat doe je nou?' Isabel staat in haar pyjama in de deuropening.

'Ik heb je door,' zeg ik. 'Je bent een gemene leugenaar!'

Ik zie dat ze van kleur verschiet.

'Wat bedoel je, Sam? Ik weet niet waar je het over hebt.'

'Dat weet je best!' gil ik. 'Doe maar niet net of je het niet snapt. En ik wil niet dat je iets laat merken aan Pip en Beer, die hebben al genoeg verdriet gehad om dit soort dingen!'

'Sam, ik weet echt niet wat je bedoelt...'

Ik heb moeite om haar niet op haar onschuldige blauwe ogen te timmeren.

'Je zou actrice moeten worden in plaats van schrijfster,' gil ik. 'Je kunt goed toneelspelen! Donder op uit ons leven!'

Mijn maag balt samen. Ik draai me om, ik kan haar blik niet verdragen.

'De gedichten,' zegt Isabel. 'Sam luister... ik kan je alles uitleggen.'

'Nee, dat hoeft niet, ik snap het helemaal,' roep ik. 'Je wilde gewoon misbruik van ons maken. Je wist dat mijn vader een beroemde schrijver was. Je gaat nú weg, en je laat je nooit meer in onze buurt zien. En als je dat niet doet, ga ik naar de politie en vertel ik alles. Dan vertel ik dat je hem expres hebt aangereden.'

'Dat is niet waar! Sam... luister nou... je vergist je echt!' Isabels stem klinkt smekend.

'Nee, helemaal niet!' gil ik met overslaande stem. 'Ik wil je nooit meer zien.'

Ik ren naar mijn kamer en doe de deur op slot. Dan val ik op bed neer en begin te huilen.

Maar met mijn hoofd onder mijn kussen, zodat ze het niet hoort.

Ik zet de muziek keihard aan. Het is negen uur. Ik ga niet naar school, ik voel me beroerd. Ik schrijf morgen wel een briefje.

Ik zet de muziek nog harder. Ik kleed Annabel aan. Ik probeer een boek te lezen. Ik kleed Annabel weer uit. Ik kijk naar de zwanen.

Om half elf zet ik de muziek uit en leg mijn oor tegen de deur. Het is doodstil in huis.

Zou ze al weg zijn?

Ik besluit het erop te wagen. Ik sluip naar Isabels kamer, die op dezelfde verdieping is als de mijne. Haar spullen zijn weg, haar bed is afgehaald, het dekbed ligt netjes opgevouwen aan het voeteneinde.

Op het kussen ligt een rode envelop. Voor Sam, staat erop geschreven.

Ik maak hem open. Er zitten twee knalgele brieven in.

Lieve Sam,

Soms is schrijven en lezen makkelijker dan praten en luisteren.
Ik heb de afgelopen jaren een heleboel gedichten geschreven, maar geen enkele uitgever wilde ze uitgeven.
Op een dag kreeg ik het idee mijn gedichten te kopiëren en ze tijdens mijn vuilophaalrondes in brievenbussen te doen. Dan zouden ze toch gelezen worden.
Jullie brievenbus was een van de vele waar ik ze in stopte. Ik wist echt niet wie jullie vader was en had dus geen enkele bijbedoeling.
Ik ben er na het ongeluk ook meteen mee gestopt. Ik hoop dat je me wilt geloven.
Ik vind het fijn dat ik jullie heb leren kennen, alleen, het was een beetje kort.
Zorg goed voor jezelf.
Liefs van Isabel

Ik vouw de tweede gele brief open. Het is een gedicht.

Maar dan anders - voor Sam -

Niet het zwembad   maar de zwanen
Niet de kikkers   maar het koor
Niet zoals het toen was maar zoals het nu is
Is het altijd anders dan hiervoor

Niet de leugen   maar de liefde
Niet het einde   maar een nieuw begin
Niet het bos   maar de bomen
Niet ertussenuit   maar ermiddenin
Niet de aap   maar de mouw
Niet de adder   maar het gras
Niet de pech   maar het geluk
Vermomd in een onverwachte jas

Als ik beide brieven gelezen heb, moet ik huilen
en lachen tegelijk. Dat klinkt raar en je gelooft het
misschien niet, maar het kan. Van opluchting.

Ik geloof haar. Ik wil haar bellen om het te zeggen
en om mijn excuses aan te bieden. Maar ik weet haar
nummer niet en ik weet ook niet waar ze woont. Wat
nu?
Maar als ik iets voor elkaar wil krijgen, dan lukt het
me. Morgen is het vuilophaaldag. En dit briefje plak ik
op onze vuilnisbak.

Hoi Isabel,
we geven zaterdag een knalfeest, want dan komt papa
thuis. Kom je ook? Het
begint om half 2 ..
Wij zouden het alle vier
heel fijn vinden
Sambeekpip & Walter van
Zwanenburg.

Welkom thuis

Vandaag is de dag van het nieuwe begin.

Het huis ziet er geweldig uit. We hebben onze PP's flink laten wapperen. Overal staan bloemen. De bloemenwinkel kon wel sluiten nadat wij langs waren geweest.

De bakker en de supermarkt ook.

Beer is nu al straalmisselijk, want ze moest alles voorproeven.

Pip wilde proberen om de zwanen een bloemenkrans om te hangen. Je raadt het al, hij is weer in de erwtensoep gevallen. Nu drijven er witte rozen in het groene water, dat staat ook heel leuk.

Ik heb buikpijn van de zenuwen. Ik hoop dat Isabel komt. Vast wel. Het moet, want we hebben een verrassing voor papa én voor haar gemaakt. Er loopt een spoor van gele briefjes van de keuken naar Pips slaapkamer. Het zijn er meer dan tweehonderd.

Pip heeft een stuk erbij geschilderd in het Lichte Bos.
We hebben het samen bedacht.
En als ze binnenkomen, zetten we de muziek van
Tsjaikovski op.

Hoi Francine, wanneer ben jij geboren en waar?

Ik ben geboren in Laren(NH) op 27 maart 1960.

Jeetje, ben je al zo oud?

Jep!

Hoe kun jij dan zulke leuke kinderboeken schrijven?

Ik heb zelf drie kinderen, van 12, 14 en 16 jaar en die hebben een hele hoop vrienden. En ik kan me nog heel goed herinneren hoe ik me voelde en wat ik dacht toen ik zo oud was.

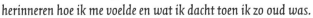

Wat zijn je hobby's?

IJsjes eten, wandelen, in de tuin werken, lezen, lezen en nog eens lezen en tekenen en schrijven.

Is wat je schrijft ook echt gebeurd?

Sommige dingen wel, sommige niet.

Wat dan wel?

Veel dingen die ik geschreven heb in de serie 'Hoe overleef ik...' heb ik zelf meegemaakt. Mijn ouders zijn ook gescheiden toen ik twaalf was, ik kreeg een stiefvader en wij verhuisden naar Groningen. Ik vond het allemaal helemaal niet leuk.

Hoe vond je het om het kinderboekenweekgeschenk te maken?

Ik vond het heel erg leuk om over Sam, Beer en Pip te schrijven. Waarschijnlijk gaan ze nog wel meer beleven.

Wil je nog een ijsje?

Nee dank je, drie sorbets is wel genoeg. Maar ik wil wel graag een handtekening!

www.francineoomen.nl